When You Trap a Tiger

遇見虎靈的女孩

TAE KELLER
泰・凱勒 著
王儀筠 譯

三民書局

推薦序

故事，靈魂說的話——由故事展開的自省與追尋

國立東華大學華文文學系教授
黃宗潔

「我可以隱形。」《遇見虎靈的女孩》小說開場，主角莉莉就向讀者宣布她擁有這項神奇能力。再加上書名的「虎靈」二字，可能會讓讀者預期這是一部類似《哈利波特》般，帶著隱形斗篷在奇幻魔法世界冒險的故事吧。但事實不然——或者說不盡然。一如莉莉立刻補充的，她沒有超級英雄式的特異功能，她只是會「消失」，讓自己失去存在感。但這又確確實實是一本關於魔法的書，只是其中的魔法，就是故事本身。

研究神話與民間故事的心理學家河合隼雄，在《活在故事裡》一書中，曾對「故事」（日語：ものがたり）中的もの二字進行了相當耐人尋味的詮釋。他引用民俗學家折口信夫的說法，認為もの就是靈。由於もの在日文中同時有「東西」的意思，因此現代人提到もの，一般會想到物質層面的意義，但事實上它「不只代表了物質，

更代表了人類的心，甚至超越人類內心，觸及靈魂層次。」而靈魂所說的話，就是故事。

若借用河合隼雄的概念來閱讀《遇見虎靈的女孩》，就會恍然其中雖然反覆陳述著「相信魔法」的力量，卻非只是以精神標語式的心靈小語，空洞地訴說著「有信念就有力量」，更不是為了鼓吹「失控的正向思考」。相反地，虎靈和虎靈所代表的「魔法」，要回到連結身與心的靈魂裡去尋找，要聆聽來自遙遠歷史的靈魂之召喚，才能找到解碼的線索。而其中的關鍵自然在於，為什麼是老虎？

對此，作者泰．凱勒並未故弄玄虛。她在〈後記〉中分享，自己之所以寫下這個故事，是為了尋找另一個故事的答案，那是她的「海莫尼[1]」告訴她的故事：一對手足為了逃離老虎，一路逃到天上，成了太陽與月亮。但長大之後，她發現外婆的老虎故事，和她找到的其他版本都不太一樣。她想知道故事的祕密，於是開始了漫長的追尋。在過程中，她找到的自然不只是老虎的故事，也是外婆的故事、整個家族的故事、以及韓國女性的故事——老虎，正是韓國起源神話的主角之一。相傳老虎和熊要求天神之子恒雄將牠們變成人，恒雄要牠們吃下艾草和蒜頭後，在洞穴裡過一百天。熊做到了，化身熊女的她後來和恒雄生下開國的檀君，但無法堅持下去的老虎則離開了。凱勒思考著，如果堅毅忍耐是韓國女性的價值核心，那麼離開的老虎呢？老虎在想什麼？追求什麼？又放棄了什麼？凱勒用故事來回答故事，遂成為我們手中的這本《遇見虎靈的女孩》。

在故事的開端，瓊安帶著兩個女兒莉莉與小珊離開加州，搬到她的母親愛慈住的，老是在下雨的「陽光鎮」。這個決定讓母女與姊妹之間，始終處在一種隱微的、一觸即發的緊張關係中，只是女孩們選擇用不同方式回應。小珊總是怒氣沖沖，而莉莉會在關鍵時刻開啟「隱形」的超能力，讓自己成為姊姊口中那帶著貶意、符合刻板印象的「安靜亞洲女孩」。但隨著虎靈的現身，她成了一個為守護家人、可以試著「捕獵」並和虎靈進行交涉的「老虎女孩」，而母女、祖孫、姐妹之間的關係也在這個過程中慢慢發生了變化。

當然，《遇見虎靈的女孩》並不是一部「自傳性小說」，但毫無疑問是凱勒對她「四分之一」韓國血統的回應與重省。她把自己的追尋置換成莉莉的追尋，因為只有將那些封存在玻璃瓶裡、被遺忘或未曾訴說的，關於過去的故事加以釋放，才有可能真正「成為我自己」。就像河合隼雄在分析日本鎌倉時代的物語《追溯自身身世的公主》時提到的：若將個人視為委身在「事情的演變趨勢」之中來尋找主體性，

❶海莫尼為韓文「祖母」或「外婆」（할머니）的音譯。

那麼族譜既是幾代人的紀錄，也可以解讀成一個人的內心世界。而我們每一個人的內在，除了我們認知的自我之外，其實還有種種不同的「他者」共同構成[2]。用這樣的角度來看，莉莉其實就如同韓裔美籍的「我身姬」（《追溯自身身世的公主》主角），她釋放的不只是外婆的故事，也是關於媽媽、姊姊和自己，未曾看見過的彼此。

而透過尋找那如夢似幻、介於真實和想像之間的老虎，莉莉也在和小鎮眾人的互動中，認識了別人眼中的「愛慈」，認識了她的海莫尼如何有著她從來不知道也不曾參與過的一面，海莫尼的韓國信仰又如何讓她在別人眼中總是介於神奇和怪異之間；她也漸漸發現原來媽媽瓊安和姊姊小珊，各自有著想逃離的過去——因為一家人即使共享了同樣的創傷經驗，也仍然有其獨一無二的記憶與詮釋。那麼，如果她們不（只）是我眼中的樣子，我同樣也不（只）是她們想像的樣子，我們又該如何回應家人眼中的自己？會不會到頭來，我們會發現連自己都不認識自己？

而當莉莉迷惘於自己彷彿以一種自己也不確定的方式在改變，弄不清楚自己是誰、想成為什麼，她的朋友瑞奇提供了一個豁達又乾脆的答案。對他來說，人本來就會去做自己沒做過的事：「當你在做那些不像你會做的事情時，就會發現自己是誰」。自己不會只有一種樣子。就像故事也不會只有一種版本。如同小說家東山彰良形容的，「所謂認同就像是把石頭一顆一顆疊起來堆成的石柱」。堆疊石柱的方式何只千百種，故事也是一樣。就算重複聽著同一個故事，我們解讀的方式也會改變，或者說，也可以改變。因為，「如果你夠堅強，心中就可以容納不只一種真相。」虎靈如是說。

❷河合隼雄，《活在故事裡：現在即過去，過去即現在》，台北：心靈工坊，2019年。

親愛的讀者：

我一直在思考我要對你們說什麼，我想我要說的是：我很害怕寫這本書。

我差點就做不到。有好幾次，我幾乎就要放棄了。

這個故事太私人、太毫無保留，我很怕我會搞砸。不過，我卻始終放不下它。

這個故事是在幾年前開始成形。那時，我和妹妹央求海莫尼教我們醃泡菜。海莫尼一如往常地反對（去店裡買就好。哪裡有時間醃泡菜！），但我們不斷稱讚她做的泡菜有多好吃（妳的泡菜最好吃啊，真的！）所以最後她還是答應教我們。

你應該知道醃泡菜的過程很費時。大白菜需要抹鹽，還需要浸泡，因此，我們用故事來填滿等待的空檔。

和我們說說妳在韓國的故事，我們請求她。

此時她又再次反對。每當我們問起她的過去，她都閉口不言。不過等待的時間耗盡了她的耐心，最後她終於同意。

她說起我們先前從沒聽過的故事——說起她是在一個小村子裡長大（這小村子現在已經不存在了）；說起日本佔領韓國時，她無法說自己的母語；說起因為家裡買不起白米，在午餐時間她會不斷地繞著圈子走，好忽略飢餓的感覺；說起她離開韓國和思鄉的痛苦，以及最終，她在美國成了家。在這裡，她安頓下來，她給女兒們吃泡菜。

別聽我的故事了，她一再告訴我們。太悲傷了。

我無法清楚解釋我心裡那種被擊中的感覺。我不知道她是如此堅強的人，我也從未想過要問我們的家族歷史。而這些故事對我來說，意義莫名重大。我想要和她說，她的故事打開了我心底的一道門——但我那時找不到合適的文字。

為了找到這些文字，我開始寫作。我把家族歷史融入韓國歷史裡，也融入小說與童話故事裡。我感覺自己與外婆的連結更深了，也對自我的身分產生更強烈的認同感。不過正因如此，我內心也感到畏懼，這項任務太重了。這個故事對我太過珍貴，不容許失敗。也許我該知難而退。

然而每當我想要放棄時，我就會想起海莫尼的那句話：別聽我的故事了，太悲傷了。是這樣的，當我們在美國談起移民時，我們常壓低聲音，說起搬到一個新地方的艱辛、繁瑣的手續與流程，和無處不在的種族歧視。這些問題當然都實際存在，但故事並不僅止於此。

我的海莫尼也用冒險、歡笑和愛豐富了她的一生。她整個人彷彿散發著光芒。我想要寫一本書，一本不只有掙扎與痛楚，還有力量、魔法的書。我要書寫我的家庭和我們的歷史文化帶給我的喜悅。

我需要想辦法讓海莫尼知道她不需要隱藏她的過去——告訴她，我以我的身分為榮；告訴她，當她的孫女，我很自豪。

我終於找到對的文字了。我希望你會喜歡這本小說。

泰・凱勒

獻給海莫尼——

願妳的掛墜保妳平平安安。

1

我可以隱形。

這是一種超能力，或者至少是我的祕密能力。但它不像電影演的那樣，我也不是超級英雄，所以別往那裡想。英雄是能化險為夷的主角——我只是會消失。

我一開始也不知道自己有這種神奇能力。我只知道老師忘了我叫什麼，其他小孩不會找我玩，還有一次，快讀完四年級時，班上有個男生皺著眉對我說，妳從哪裡來的啊？我好像從來沒看過妳。

我以前很討厭變隱形。但我現在懂了：這是因為我有神奇力量。

我姊姊小珊說那才不是真正的超級祕密能力——只是害羞罷了。但小珊可以很無禮。

而且事實上，我的能力有時很有用。就像媽媽和小珊在吵架的時候。就像現在。

我用隱形能力把自己藏起來，額頭抵在後座車窗上，看著雨滴從我們家那臺老舊旅行車的一側滑落下去。

「妳應該停車，」小珊對媽說。

但小珊其實是對著自己的手機說，因為她沒把頭抬起來。她坐在副駕駛座，兩腳用力踹上前方的置物箱，膝蓋埋在胸前，整個人以她手機的發光螢幕為中心蜷成一團。

媽嘆了口氣。「拜託，我們不需要停車。只是下了點小雨。」但她把雨刷往上撥了一格，輕踩煞車，讓車開得像蛞蝓爬行一樣慢。

我們一進入華盛頓州就開始下雨了，而當我們的車緩緩駛過**歡迎來到陽光鎮！**的手繪標誌時，雨勢越發猛烈。

歡迎來到海莫尼住的小鎮，一個永遠在下雨的小鎮。它的名字彷彿是只有鎮民才懂的玩笑。

小珊咂了咂塗著黑色口紅的嘴唇。「好。」

就這樣，只有一個字。

她不斷點擊螢幕，接二連三傳送文字與表情符號給老家那邊的所有朋友。

我很好奇她在那些訊息裡都說了些什麼。有時候，我會放任自己想像她是在寫訊息給我。

「小珊，可以請妳至少試著正面看待這件事嗎？」媽把眼鏡往鼻樑上一推時太用力了，好像眼鏡剛剛是衝著她來，侮辱了她。

「妳怎麼能要求我這麼做？」小珊的視線終於離開手機——這樣她才能怒瞪著媽。總是這樣起頭。她們每次吵都很大聲，場面也很火爆。她們老是在惹火彼此。保持安靜會比較安全。我把手指按在濺滿雨水的車窗上，用指尖在雨滴之間畫出一條線，就像在把點與點連線。我的眼皮變得沉重。我太習慣她們吵架了，聽起來就跟催眠曲差不多。

「但妳知道自己根本差勁透了，對吧？這件事其實才不是沒問題……」

「小珊，」媽渾身緊繃——肩膀僵直，每條肌肉都繃緊了。

我屏住呼吸，心裡想著隱形隱形隱形。

「不，說真的，」小珊繼續說，「就因為妳自己隨便決定想更常去看海莫尼，不代表我們想徹底改變自己的生活方式。我這個夏天已經有計畫了——但妳才不管。妳甚至沒有提前告訴我們。」

小珊沒說錯。媽兩個星期前才告訴我們，我們要永遠離開加州了。我當然會想念那裡的一切。我會想念學校、陽光，還有沙灘——那裡的沙灘與陽光鎮的岩岸是如此不同。

我就只能努力別想起那一切。

「我認為妳們應該多花些時間陪海莫尼。我以為妳們喜歡陪她。」媽的語氣簡短急促。雨越下越大，拉走了她的注意力。她握著方向盤的指節發白。在爸死後，我們沒有人喜歡在這種天氣裡開車。

我專注地看著方向盤，稍微瞇起眼睛，內心發送一路平安的意念，就像海莫尼教我的那樣。

「還真會轉移話題，」小珊說，同時扯著自己黑髮中的唯一一綹白髮。她還在生氣，不過已經氣消了一點。「我確實喜歡和海莫尼相處的時光，只是不喜歡這裡。我不想來這裡。」

海莫尼總是到加州拜訪我們。自我七歲起，我們就沒來過陽光鎮了。

我望向擋風玻璃外。流逝的風景很寧靜。灰色石屋、綠色雜草、灰色餐廳、綠色森林。陽光鎮的顏色全模糊成一片：灰色、綠色、灰色、綠色——然後出現了橘色、黑色。

我坐直身子，想弄清楚這些新顏色是怎麼回事。

有隻動物躺在道路前方。

那是一隻大貓，頭枕在腳掌上。

不，不只是隻大貓。是一隻老虎。

我們開向這隻老虎時，牠抬起頭。牠一定是從馬戲團或動物園之類的地方逃出來的，肯定也受了傷。要不然牠怎麼會趴在路上淋雨？

某種出於直覺的恐懼在我腹中一陣翻攪，讓我暈車了。但這些都無所謂。假如有動物受傷，我們不應該冷眼旁觀。

「媽，」我打斷她們兩人的爭吵，急忙往前一靠。「我想……呃……那裡有……」

現在更近一看，那隻老虎看起來不像有受傷。牠打了個呵欠，露出白得發亮的尖銳牙齒。接著，牠起身，一次一隻爪子、一個腳掌、一條腿慢慢站了起來。

「女孩們，」媽媽說，語氣聽起來既壓抑又疲累。她對小珊的不耐很少會波及到我，但開了八小時的車後，她忍無可忍了。「妳們兩個，拜託，我得好好專心開一下車。」

我咬了咬臉頰內側。這說不通啊，媽一定有看到那隻大貓，但可能因為太專心在和小珊吵架而沒注意到。

「媽，」我小聲說，等著她踩煞車。但她沒踩。

我的隱形能力有時候會出現的問題，就是需要花點時間才會失去作用。我需要花點時間才能讓人看到我、聽到我的聲音，和聽進我說的話。

聽我說：這可不像任何我曾在動物園看過的老虎。牠很大，像我們家的車一樣大。毛皮上的橘色鮮豔奪目，黑色則暗得如無月的夜空。

這隻老虎屬於海莫尼的故事。

我向前傾，直到安全帶陷入皮膚之中。小珊和媽媽不知為何還在吵來吵去。不過，她們吵的內容成了低沉的嘈雜聲，因為我只專注在……

老虎抬起牠碩大無比的頭——看著我。牠看到我了。

大貓挑了挑眉，彷彿在看我敢不敢有任何舉動。

我的聲音哽在喉嚨，結結巴巴地想開口，結果吐出來的話像嗆到一樣。「媽……停車。」

媽忙著和小珊講話，所以我更大聲喊道：「**停車**。」

終於，媽承認我的存在。她眉毛一皺，從後視鏡看了我一眼。「莉莉？怎麼了嗎？」

她沒把車停下來。我們繼續往前開。

越來越近——

越來越近——

我無法呼吸，因為我們太靠近了。

聽到砰的一聲，我緊緊閉起雙眼，耳內嗡嗡作響。我們一定撞到牠了。

但車子依舊往前開。

我張開眼睛，看到小珊雙臂交叉在胸前，手機擱在腳邊。「它掛了，」她表示。

我掃視路面時脈搏狂跳不已，眼睛搜尋著不想看到的恐怖景象。

什麼也沒有。

媽繃緊下巴。「小珊，請妳別亂丟手機，它很貴。」

我困惑地盯著她們。如果剛才砰的聲音只是小珊的手機掉到車地板上……

我轉身想找那隻老虎，卻只看到雨和道路。老虎消失了。

「莉莉？」媽邊說邊把車開得更慢了。「妳覺得不舒服嗎？要我靠邊停車嗎？」

我再次迅速掃視路面，但什麼也沒有。「不用，沒關係，」我說。

她放心地笑了笑。我向來都不是讓人傷腦筋的小孩。我總是讓事情簡單很多。

「再撐一下，馬上就到海莫尼家了。」

我點頭，試著裝出一切正常、什麼也不在意的樣子，儘管我的心怦怦直跳。我沒辦法告訴媽這件事。她會問我是不是脫水、是不是發燒了。

或許我真的發燒了。我把手掌貼在額頭上，但無法確定。我想自己確實有可能生病了，或是我剛才也許睡著了一下下。

真是的，我絕不可能看到有隻龐大的老虎出現——又消失——在路中央。

我搖了搖頭。不管那隻老虎是真的，還是我夢到的，或是我瘋了，我都必須告訴海莫尼。她會好好聽我說。她會幫我。

她會知道該怎麼做。

2

海莫尼的故事開頭總是一樣，也就是韓國版的「從前從前」：

很久很久以前，當老虎像人一樣行走時……

我們還住在加州時，海莫尼來拜訪的幾個星期前，我和小珊會對彼此低聲說出這些話。每次聽到，都讓我渾身顫抖。

我們會數著日子，直到我們的海莫尼抵達的那天。在她抵達的當晚，我們會跑到客房，躺在床上，在她身旁蜷起身子，一人一邊，像書擋般。

「海莫尼，」我會低聲說，「可以跟我們講個故事嗎？」

她會笑著把我們拉進她的懷裡和想像之中。「哪個故事呢？」

我們每次的回答都一樣。我們最愛的故事。

「那個恩雅的故事，」小珊會說。大姊姊。

「還有艾吉，」我會加上一句。小妹妹。「那個老虎的故事。」

那個故事一直都感覺很特別，彷彿話語之中有個祕密在閃閃發光。

「為我摘下來吧，」她會這樣對我們說，我和小珊就會朝空中伸手，握緊拳頭，像在摘星。

這是海莫尼特有的一個習慣，假裝繁星中藏著故事。

她會等個一下下，讓時間彷彿無限延長，我們則聽著自己的心怦怦直跳，渴望聽到那個故事。接著，她會深吸一口氣，開始講老虎的故事。

問題是，她故事裡的老虎是狡猾可怕的掠食動物。但路上那隻老虎似乎不是如此。我不覺得牠想吃我，但我確實認為牠想要……某個東西。

我沒有機會可以想清楚一切，因為我們緩緩駛入陽光鎮時，再也沒有看見半隻老虎。終於，我們到達海莫尼的家。那是一棟小屋，就位於小鎮邊緣的山丘上，在圖書館的對街，四周環繞著樹林。

媽轉進長長的私人車道，車子嘎吱作響地沿著碎石路向上開，直到抵達山丘頂端。

媽停好車後，把頭靠在方向盤上，嘆了口氣，看起來似乎馬上就會睡著。然後，她吸一口氣，坐直身子。

「好，」她說，手臂勾著駕駛座的頭枕；為了同時看到我們兩個，她轉過身來。

她硬是把笑容掛在臉上，想要表現得興高采烈，好像這樣就能抹除一路上所有的爭吵和壓力。

「壞消息：我把雨傘留在加州了，」她露齒一笑，像是在說哈哈，哎呀，真搞笑。「所以我們只能衝過去了。」

我目不轉睛盯著海莫尼的房子，這是那種看起來就很神奇的地方。房子座落在高處，幾近漆黑的常春藤蔓延過褪色的磚牆，窗戶在光線的照射下閃爍。當然了，要到達前門，還要走差不多一百萬階的樓梯。

它完全不像我們在加州的那間香草白色的公寓——位於一棟全新的大樓裡，有電梯。

「妳要我們在雨中跑上那些階梯？」小珊問道，語氣驚恐得好像媽是要她在一池蝸牛黏液中洗澡。

媽又擠出笑容。「一點小雨算什麼？沒錯吧，莉莉？」

我的答案很簡單：對，沒錯。我想進去屋內，問海莫尼關於那隻老虎的事。但在我們家沒有所謂簡單的問題。這是陷阱。媽媽是要我選邊站。

我聳聳肩。

媽不想就這樣輕易放過我。「沒錯吧，莉莉？」她的笑容變淺，好像她就要崩潰。她眼睛下方有眼袋，雙眉之間還有一道很深的皺紋。

通常，媽媽看起來不會像這樣子。她通常都很自信優雅，一切井然有序、整整齊齊。

「沒錯，」我說。

小珊身體縮了一下，彷彿我踢了她一腳。

「好，就這樣決定了，」媽放心地說，手放在門把上。「各就各位，預備……」

接著，她猛然打開車門，衝出車外，在用力關上門後開始跑了起來。她立刻就渾身溼透。她跑得不快，但她已經很努力了——使勁晃著雙拳，拱起肩膀，頭向前傾，彷彿是頭朝她媽媽家直衝而去的公牛。

「她看起來真可笑，」小珊說。

小珊這麼說不是只因為惡意，事實就是如此。

我笑了，因為媽不知為何旋轉著雙臂，像玩具風車般。小珊也跟著笑了，然後，我們看著彼此。有那麼一刻，我感覺我們真的是姊妹，一起嘲笑我們丟臉的媽媽。

我想要讓這個時刻永無止盡延長下去。

但小珊轉過頭，撿起手機和充電器，塞到胸罩內保護好。「我們乾脆也走吧，」她說。

我想說，留下來，卻點了點頭，接著我們衝出車外。

我這輩子從來沒有感覺過像這樣的雨。這場雨持續下個不停，又很冰冷——冷得不像七月的雨——我們甚至還沒跑出車道，我的鞋子就已經發出啪嗒啪嗒的聲響，我的牛仔褲也變得沉重。

小珊邊叫邊跑，我也一邊大叫，因為整個情況有點好笑，也有點糟。雨水刺痛我的雙眼，讓我幾乎看不見，但冰冷的暴雨卻讓我體內振奮了起來。

等到我和小珊抵達樓梯的最上層時，我們都氣喘吁吁、渾身溼淋淋，我肺裡所有的空氣都被抽光，心臟則快爆炸了。

媽很好心地在門廊等我們，但也有點怪，因為她應該要開門，進去屋裡。

她搖著頭，皺起眉。「海莫尼沒來應門，」她說，「她不在這裡。」

3

「妳說她不在這裡是什麼意思？」我小聲問道。有一瞬間，我慌了起來：老虎把她吃掉了。但我告訴自己要保持冷靜。

媽嘆了口氣。「我不知道，我不知道。」

我看不出她是擔心還是生氣，她的雙眼和雙唇周圍布滿雨水，讓人難以看清她的情緒。我真希望自己知道她的感受，這麼一來才能知道我應該要有什麼感受。

小珊亂轉黃銅門把，想用力轉開，但門頑固地緊閉著。「所以……」小珊盯著媽，然後看了我。她頭髮扁塌，濃密眼線像黑色條紋般沿著臉頰往下流，讓她看起來就像一隻淋溼的老虎。「我們只能在這裡等，還是在這種大雨裡，而且不知道要等到什麼時候？」

媽用溼透的短袖汗衫擦了擦眼鏡，但沒什麼用。「不，我不這麼認為。等我一下。」她舉起一根手指，然後跑到房屋的一側。

「她要去哪裡？」我問。我把雙手罩在頭上想擋雨，但一點用也沒有。「海莫尼在哪？」

小珊沒回答。我們看著媽停在客廳窗戶的下方。她敲了敲窗框，摸了摸窗臺，然後用拳頭在玻璃下方猛力一擊。

「這還真正常，」小珊語帶諷刺地說。

媽接著推開窗戶。她匆匆看了我們一眼後才撐起身體，一頭翻進屋內。

「哇，」我低聲說。我從來沒看過媽做像剛才那樣的事。

小珊搖了搖頭。「真的是哇。我敢打賭她還是青少年的時候一定老是這麼做。」

小珊看著我的表情，好像不知道自己是該皺眉還是大笑，我完全懂她的感受，因為要想像青少年時期的媽媽不只荒唐，也有點嚇人。想像媽在我們出生前的樣子感覺很詭異。

但小珊露出笑容，我內心鬆了口氣。「她大概會溜出家門，和朋友參加派對。」我點點頭。小珊高興的時候，整個圓臉會發亮，看起來又像是我姊姊了。我慢慢朝她那邊靠過去——只靠近一點點，這樣她才不會注意到。

她皺起鼻子。「妳覺得她有溜出去和男生見面嗎？」

「我不覺得她在跟爸之前有和誰約會過。」除了爸以外，我無法想像媽和其他人在一起。或者老實說，我無法想像她和任何人在一起，因為我不記得媽媽和爸爸在一起的時候。

不過，我立刻就知道自己說錯話了，因為小珊的臉龐很快就失去光芒。她繃緊下巴並轉過頭。「那樣想太天真了，」她喃喃自語。

回想爸爸對小珊來說和對我來說並不一樣。她年紀比較大，所以她記得爸爸。他死於車禍時，小珊七歲，我才四歲。

「小珊……，」我開口，卻不知道要如何接下去。

我以前能和她聊天。我以前什麼都會告訴她。如果是幾年前的話，我就會說**我剛看到路中央有隻老虎**。我會直接對她大聲說出一切，因為我無法忍著不說。

「我剛看到……，」我又試了一次。但門另一頭的開鎖聲打斷了我。媽滑開鎖時，門鎖喀嗒作響。然後門開了。「快進來，」她說，好像我們可能會淋得更溼，但其實我們老早就渾身溼透。

我和小珊進屋，在門口留下溼答答的腳印，在木地板上留下一池池的水窪。

海莫尼的房子看起來像一段回憶。客廳和廚房緊緊相依，中間是一張紫色餐桌和一個無法生火的壁爐。一座老爺鐘在客廳最遠的角落裡嘀咕著。

壁爐架上，兩隻石獅子簇擁著一張媽的照片，為她祈求財運。在另一邊，一隻青蛙守衛著我和小珊的照片，為我們守護幸福。房子裡到處都是一小綑又一小綑的藥草和薰香束，有的在懸掛於天花板的籃子內，有的在流理臺上，有的塞在碗裡，用來驅除邪氣。

我吸進屋內的空氣，蕎麥麵、鼠尾草、洗衣精的氣味聞起來就像家的味道。

小珊則沒這麼開心。她雙臂交叉在胸前，皺著眉頭。「呃，」她說，「那是怎麼回事？」

我沿著她的目光看過去。客廳的另一端是海莫尼的臥室、廁所，和兩道樓梯：一道通往閣樓臥室，另一道則通往地下室。但現在，韓式傳統雕刻櫃和瓦楞紙箱堆得像路障一樣，矗立在地下室門口。

媽搖了搖頭。「很怪，對吧？她為什麼要那麼做？」她咬著大拇指指甲，環顧室內。有一瞬間，我瞥見她眼中的一絲擔憂。

我先前振奮的心情一點一滴流逝。這確實很奇怪。東西放在不對的位置，海莫尼也不在這裡。

我心裡湧起一股令我打顫的陰鬱。「海莫尼在哪裡？」我問道。

媽看著我，眼神變得溫柔。「喔，別擔心。我很確定她只是出去買東西或去找朋友了。妳也知道她平常都這樣。」她對我微笑，笑容同時帶著悲傷和希望。「妳很高興能來這裡嗎，莉莉？」

事有蹊蹺，但媽沒有說出口。我想問她到底是什麼事，卻不想讓她的笑容消失，所以只好點頭。

她正要說點別的，但我冷得肩膀打顫，渾身發抖。

媽對我們眨眨眼，好像忘了我們全身有多溼。「好，等我一下。我去找衣服來換。」我們的行李放在後車廂，也沒有人想冒著大雨去拿，所以媽晃過走廊，走進海莫尼的臥室。

她從房裡走出來時，手上抱滿毛巾和海莫尼的絲質睡袍，我和小珊從上面抓了兩件。淡橘色的睡袍在我手中像日落般閃爍，變換著顏色。就連海莫尼的睡衣褲都很漂亮。

「我去開個暖氣，」媽說，「妳們在這裡等一下。」

但小珊當然不等。媽一回頭走進海莫尼的臥室，小珊就閃過各種箱子和家具，直接上樓走向我們的臥室，在身後留下一池池的水窪。

我動身跟上，但猶豫了一下。我不想當跟在恩雅屁股後面到處跑的小艾吉。但最終，我當然還是跟著她走了。

樓上的閣樓房間雖然老舊，卻很舒適。有斜面尖頂的天花板、木框全身鏡，以及兩張鋪著褪色被子的單人床。我和小珊以前住在這裡的時候，會把床併在一起，蜷靠著彼此，在黑暗中互相說故事。

現在，兩張床各放在房間的兩端，中間隔著一扇大窗。

小珊匆匆脫掉溼衣服，用乾淨的毛巾抹掉深色妝容，穿上飾有亮片的黑色睡袍。接著，她朝床一撲，床墊發出一陣嘎吱聲。她把手伸到床架後方，將手機插上插座充電，然後才轉頭看我。「妳在做什麼？妳應該要在樓下等啊。」

小珊每次都表現得好像媽的命令只對我適用，這很討人厭，但我習慣了。

我嘆了口氣，擦乾身體，再套上自己的睡袍。睡袍又軟又暖，讓我全身抖了一下，釋出體內刺骨的寒氣。我吸了口氣，希望能聞到海莫尼的奶香味，卻只聞到一絲肥皂味。

小珊皺眉，還在等我離開，但我反而坐上了自己的床。

「妳會覺得這個地方很怪嗎？」我邊說邊拉開床罩，同時小心翼翼不看向她。「海莫尼失蹤，又有那些東西擋住地下室，還有……就是氣氛？像是有事情不對勁？」

「首先，海莫尼沒有失蹤，只是出門了。別那麼小題大作。再來，對啦，氣氛是很怪，但海莫尼的家感覺一直都是這樣。」小珊身旁的手機亮了起來，開始載入資料，像是它午睡起床後在伸懶腰。她一把抓起手機，看著它閃爍，不是很專心在聽我說。「妳還記得我們上次搬來這裡的時候嗎？」

「大概吧。」爸死後，我們在這裡住了三年。我在加州出生，最初的記憶卻是由這棟房子形塑而成。

小珊滑著手機，所以我不期望她會回答，但她扔下手機，抬起頭來。「起初待在這裡是很好，因為海莫尼在我們難過的時候會照顧我們，也會幫媽的忙。但海莫尼總是在做奇怪的事，卻沒有解釋為什麼要那麼做。她有很多祕密，這棟房子也充滿祕密。」

我咬了咬嘴唇。「像是什麼？」

小珊翻了白眼。「我不知道。那才不是重點。重點是我們現在在這裡，而不是加州，我討厭死了。我討厭待在這裡。」

小珊的話刺耳得讓我退縮了一點。「別這麼說。」

我記得的是，我和小珊很喜歡住在這裡。我們當然因為爸的關係很難過，但不是每件事都很糟。我和小珊會在閣樓房間說故事，一起在廚房吃年糕，在地下室創造我們想像的世界。我們以前都在一起。

我想問她，妳記得嗎？

但小珊繼續說下去。「這根本就不公平，莉莉。媽想搬到離海莫尼更近的地方住，這點當然很好，但我們連表達意見的機會也沒有。我們連跟別人說再見的機會也沒有。妳難道不會覺得有點生氣嗎？」

要我老實說的話，我也許是有點生氣。但我也很高興能來這裡。

我清清嗓子，吸口氣，吞了吞口水。「我覺得也許……妳應該對媽好一點。」我的掌心冒汗。這麼說很危險，因為我通常不會和小珊對峙。我們是姊妹，姊妹應該要永遠同一國才對。

小珊翻了白眼。「妳認真的嗎，莉莉？我不敢相信妳會幫她說話。」

「我只是……，」我無法不去想媽媽臉上的表情。她在樓下找海莫尼的時候，看起來如此脆弱。不是一般母親會有的模樣。我不懂小珊怎麼會沒注意到那點。

「妳只是……？」小珊盯著我，我沒回答，她嘆了口氣。「有話就說啊，莉莉。妳不需要老是這麼奇怪又安靜。妳這樣就是QAG。」

QAG是小珊所謂的安靜亞洲女孩[3]。就是那種刻板印象。就像小珊拚命不要成為的那種刻板印象，所以她才擦黑色口紅，漂白一綹頭髮，而且總是想到什麼就說什麼。

我告訴她，我只是想幫忙。我問，妳難道看不出媽有多努力了嗎？我說，我不懂妳為什麼那麼氣我。

但實際上，這些話我都沒有說出口，這些話語卡在我的喉嚨。小珊一直都滿腔怒火，不論我說什麼都會讓她氣炸。

她又翻了白眼。「隨便啦。妳每次都讓我當壞人，就只因為我有話直說。妳知道，妳不必這麼害怕妳說的話會惹出什麼麻煩。」

小珊沒意識到的是，她的話已經惹出麻煩了。如果我也像她這樣的話，我們家會整個天翻地覆。我們都會遭殃。

我聽著雨打在屋頂上的聲音，手滑過被子。我說：「妳應該要感到開心，妳喜歡海莫尼。」至少我認為這是真的。小珊似乎再也不喜歡任何東西了。也許除了她的手機。

她聳聳肩。「我只是隨便說說而已。重點是：要住在這裡，沒有半個朋友，只有媽和外婆？這也太過分了吧。」

「還有妳妹妹，」我說，聲音小到連我自己都快聽不見了。這麼小聲，就像QAG一樣。「我也在這裡。」

❸ QAG 為 Quiet Asian Girl 的縮寫用語，意為「安靜亞洲女孩」。

我看得出來小珊已經準備好要給我一個刻薄的回應。但我說的話阻止了她。她的肩膀放鬆下來。

「對，」她說。

就只有那麼一個字，但她語氣輕柔。這一個字就讓我敞開心房，暖意流洩而出，蔓延全身，直達腳趾與指尖。

「對，」我回說。我幾乎覺得自己可以告訴她那個像場夢境，像幻想，又像幽靈般的老虎了。

然後，樓下的門猛然打開。海莫尼回家了。

4

海莫尼砰的一聲打開前門，高聲喊著：「哈囉，我的女孩們！我的女孩們回家來看我了！」

她的聲音一路傳到我們的臥室，我跑下樓去見她，腳重重踩著會發出噪音的老舊樓梯。

海莫尼比我上次看到她的時候更瘦。她五顏六色的絲質長擺上衣和白長褲穿在她身上看起來比平常更寬鬆。她的寶石掛墜落在鎖骨間的U型凹陷處，比之前更深。但她還是和以往一樣光鮮亮麗，雙唇紅潤，燙捲的頭髮染得烏黑發亮。她抱著四個大購物袋，每袋都裝滿了食物。

媽媽穿著海莫尼的睡衣，已經走到門旁，拿一堆問題來迎接她——「妳為什麼不在家？為什麼不接電話？還記得我跟妳說過我們六點會到嗎？我們只能站在外面等！還有妳為什麼要買那麼多食物？這樣太多食物了！」

海莫尼只是大笑。「噢，我的女兒啊，這麼愛管閒事！」她說完，便把購物袋和山寨LV手提包放到媽媽手裡，彷彿媽是名管家。

媽皺起眉頭，但還沒能開口抗議，海莫尼就先看到我，張開雙臂想給我擁抱。

「莉莉小甜心！」她說。她整張臉亮了起來，我還不知道有誰能夠對哪件事這麼開心。我跑過走廊，鑽進她懷裡，感受她的愛。

「小心點，」媽把海莫尼的袋子放在廚房桌上，雙臂在胸前交叉。「別把妳的海莫尼撞倒了。」

海莫尼緊緊環抱著我，同時從我頭頂斥責媽媽。「噓，小姐。至少莉莉正在表示她愛我。」

媽嘆了口氣。「我確實愛妳啊，所以我們才會在這裡。」

海莫尼沒有理會媽媽。她把手放在我的肩膀上。為了好好看著我，她把身體向後傾。當她注意到自己的睡袍時，她咧嘴一笑。「哦，看看妳。妳是我小小的迷你版！多漂亮，多耀眼。」

我笑了出來。「耀眼？」是小珊拿了有亮片的睡袍，不是我。

「像太陽一樣，」海莫尼邊說邊眨了眨眼。在這世界上，我的隱形能力就只對海莫尼不管用。她總是能看進我的內心。

「海莫尼，」我說，一想到那隻老虎，我的脈搏就不規則跳動，「我得告訴妳一件事。」

但小珊出現了，她放輕腳步，靜靜走下嘎吱作響的樓梯，在廚房門口停下。

「還有我的月亮，」海莫尼說，走過去擁抱小珊。

小珊被海莫尼環抱時身體僵直，但過了一會兒就放鬆下來，靠向海莫尼，吸了一口氣。沒有人能抗拒海莫尼，她就像地心引力一樣。

海莫尼往後一退，撫摸小珊那撮白髮。「妳的頭髮真漂亮啊。」

「不行，」媽說，「請妳別鼓勵她，那不自然。」

小珊怒瞪著媽，海莫尼則用手指捲了捲那綹頭髮。「這是遺傳的。我小時候也是這樣，」她說，對著我和小珊眨了眨眼。

媽的聲音很緊繃。「一撮漂白的頭髮才不是遺傳特徵。」

海莫尼連看都沒看她一眼。「而且這麼時髦。小珊看起來像個搖滾明星。」

小珊露齒一笑。媽深深地吸一口氣。

媽很討厭那撮白髮，但小珊拒絕做任何改變。她聲稱那不是她的錯——她的頭髮自然就長出那種顏色了。

情況就是這麼複雜。

海莫尼轉身看媽，皺起眉頭。「她們的頭髮為什麼那麼溼？」

媽清了清喉嚨，一邊將海莫尼買的食品和雜貨放好。「就像我剛說的，她們會溼成這樣，是因為我們得站在外頭淋雨。妳知道，如果妳真的有像妳之前說的會待在家就好了。我得用那個窗玻璃的老招數爬進來，還是在我女兒面前！」

「她出去，她進來，」海莫尼看著我和小珊，發出嘖嘖聲。「每次都是從窗戶。她甚至會從閣樓的窗戶爬出去。妳們媽媽是個非常鬼鬼祟祟的小孩。老是讓人費心。」

媽不爽地嘖了一聲，我和小珊互看了一眼。我不知道媽以前怎麼有辦法爬出閣樓的窗戶，那扇窗戶高得讓人難以置信——但海莫尼總是會像這樣誇大，而且這件事光是想像就很有趣。

小珊忍住不露出微笑，我則克制自己不笑出聲。

「而且，妳不應該再開車了。尤其不要在下雨天的時候開，」媽繼續說，「妳要買日常用品的話，就應該等我來。妳必須小心點，妳必須……」

「嘶，」海莫尼發出嘶嘶聲，同時舉起一根手指。我和小珊曾在電視節目上看過訓犬師會用一種生氣般的嘶嘶聲來馴服狗。這是同樣的聲音。

媽咬緊牙關，然後提出另一串質問。「那麼這些東西又是怎麼回事？妳為什麼把家裡弄成這樣？」她手比向那些堆在地下室門口的紙箱和家具。

海莫尼聳聳一邊肩膀。「地下室淹水了，所以東西要上來。」

小珊挑眉。「妳自己一個人就把全部東西搬上來嗎？」

海莫尼轉頭看她，眨了眨眼，她一向如此。她不覺得有必要回答問題，我也不介意。

然而，媽就很介意。「不，說真的，妳真的是自己把這些都搬上樓的嗎？妳知道妳可能會傷到自己。妳……」她停頓了一下，「我要睡在哪裡？」我們之前住這裡的時候，媽睡在地下室，努力在海莫尼的雜物之間擠出一點空間。

「妳睡客廳，睡沙發上，」海莫尼回說，好像這沒什麼。

我預料媽會為此爭論，但她朝那堆紙箱走過去。「好吧，嗯，至少讓我移這些東西。我們把它們從地下室門前推開，我就能看看樓下的淹水有多嚴重。小珊，幫個忙吧？」

小珊盯著她。

媽嘆了口氣。「莉莉？」

我準備走過去，但海莫尼抓住我的手腕，把我拉回去。「不，不行。不能移那些。」

媽眨了眨眼。「它們擋到路了。」

海莫尼在她面前揮了揮手，像是在阻擋媽的怒氣。「不，不行。今天不是吉日。我把箱子搬出來的時候，是在一個好日子。但今天對神靈來說是凶日。我們改天再搬。」

對神靈來說是凶日。我吞了吞口水。我必須等海莫尼一個人的時候，才能問她關於可能存在的虎靈。

「在不是吉日的時候搬東西——*非常危險*。而打破東西……」海莫尼閉上雙眼，全身一陣發抖，彷彿她連想都不敢想。「如果打破東西的話，噢，會非常糟糕。」

媽看起來可能真的會扯掉自己的頭髮。

小珊對著我挑眉，好像在說*又來了*，接著退到走廊上。

這不是她們第一次為此爭吵了。媽總是會因為海莫尼奉行的傳統而惱火。

媽咬緊牙關。「這太荒謬了。什麼……」

但海莫尼用手指著媽，打斷她。「妳不是母親，我才是母親。妳不要再問問題了。妳去換衣服。妳到底為什麼會穿著睡衣褲啊？」

媽張口要為自己辯護，但海莫尼拍了拍手。「我現在準備晚餐。莉莉來幫我。」

我其實沒有自願要幫忙，但海莫尼就是有辦法讓一切順著她的意。況且，我也不介意幫忙。

我跟著她走去廚房流理臺前，而媽也放棄搬那些紙箱了。她一把抓起海莫尼的雨衣，悄悄走出屋外，下去拿我們放在車上的行李。

小珊站在門口，清了清喉嚨，我回頭看了她一眼。她猶豫不決，好像在等什麼，我用唇語告訴她，沒關係，上樓吧。

把她打發走讓我感覺很糟，但小珊不喜歡煮菜或擺餐桌，或者做任何家事，而我必須和海莫尼單獨相處才行。

小珊皺眉，轉身離開，嘴裡咕噥著朋友之類的事，走回閣樓房間。

她走了以後，我低聲說：「海莫尼，發生了一件事。」

她把我一撮頭髮塞到耳後，親吻我的額頭。「是，小不點，我想聽聽是什麼，但首先，該來告祀[4]了。」

「好，但是……」

「啊，啊，這個先。」她在廚房到處走動，從碗櫃拿出幾個碗和籃子，擺在我面前。

[4] 告祀（고사）為韓國傳統祭祀的儀式，人們會藉由告祀祈求平安、順利。

我不記得她是什麼時候第一次向我示範要如何告祀。這是我們向來都會一起做的事。我們會為神靈和祖先擺出食物，讓他們先享用。獻給那些先於我們逝去的人，海莫尼總是這麼說。

小時候，我曾經假裝爸會來參加告祀，跟我們一起吃飯。但我犯了一個錯誤，有一次我告訴小珊食物是為爸爸準備的。

她整張臉扭曲成一團，怒斥著說，他死了，這件事可不是遊戲。

自那之後，她就一直都不喜歡告祀。

海莫尼加熱一盤紅豆年糕後，將年糕遞給我，我把年糕放進竹籃，就像她教我的那樣，小心謹慎，並且帶著愛。年糕讓我的手指暖和了起來。

「在遇到重大改變的日子，做這件事非常重要，」海莫尼一邊告訴我，一邊把酒倒入小陶瓷碗。「有人搬進來的時候，有人搬出去的時候。我們這麼做，好讓神靈開心。」

她傾身靠向我，她的氣息讓我的耳朵發癢。「神靈餓的時候……幾乎就和妳母親餓的時候一樣可怕。」

我微笑。「那小珊餓的時候呢？」

海莫尼張大雙眼。她的雙眼周圍布滿皺紋。「那最可怕了。」

我們拿小珊來開玩笑，我因而笑了出來，但也覺得有點內疚。接著，我把魷魚乾和小魚乾放到小盤子上，海莫尼準備著餐點，我聆聽著告祀時的樂曲。海莫尼哼著一首我不知道的歌，大概是韓國的搖籃曲，整棟屋子似乎與她一同唱和。櫥櫃在她開關時喃喃低語，流水在她洗菜時吹起口哨。

我總是將告祀——以及所有海莫尼的信仰與儀式——視為理所當然。它們對海莫尼來說別具意義，因此我認為這樣就夠了。她的神祕從來不需要解釋。但現在那頭老虎出現了，感覺了解這一切變得很重要。

「我在路上看到一個東西，」我告訴她。

「妳看到什麼？」她邊切黃瓜邊問。

我吞了吞口水。「呃，我認為我可能看到一個……飢餓的神靈？」

她放下菜刀，朝我轉過身來。她的眼神銳利專注。「莉莉，妳說什麼？妳看到什麼？」

我突然緊張起來。「我不知道……我想那有可能是我在做夢？」

海莫尼傾身靠近我。「夢非常重要，莉莉。妳看到什麼？」

媽會叫我不要鼓勵海莫尼的行為，小珊會說我很奇怪。但對象如果是海莫尼的話，我就不用怕會被批評。「一隻老虎。」

她從齒縫間發出嘶嘶聲。「那隻老虎在做什麼？」

我知道她沒有對我不高興，但她還是很心煩意亂，讓我不禁覺得自己好像說錯話了。「呃，牠就……站在那裡，然後消失了。」一陣強烈的恐慌朝我襲來，我低聲說：「我瘋了嗎？」

海莫尼手指環繞在掛墜上。她彎腰，她的臉非常靠近我的臉，我因此聞到她充滿奶香的氣息。「莉莉，瘋了不是一個好的詞，不是一個理性的詞。妳看到事實，是因為妳很特別，這不會讓妳瘋了，知道嗎？」

我點頭，不太確定該作何感想。老虎感覺很真實，但那不可能是真的。而如果有東西感覺很真實卻不是真的，該怎麼辦？

「妳媽不相信這一切。她的世界很小。但妳懂，這個世界比我們所看到的還要大，」海莫尼把手掌貼在我的臉頰上。「現在妳要注意安全，遠離老虎。老虎非常壞。」

「我知道，我會遠離老虎。老虎會吃人和其他東西。那只是個……」

她搖了搖頭。「別相信牠們，好嗎？牠們詭計多端，妳別聽牠們說的謊話。妳記住這點。」

「對，我記得妳說的故事。」

「對，對，故事。但也許……」她後退一步，歪著頭，好像想做什麼決定。她的語氣聽起來跟平常不太一樣，不像我認識的那個海莫尼。「也許故事不只有我告訴妳的那些。」

我把眼前的盤子和砧板推開，撐起身體，坐到廚房流理臺上正對著她，準備聽她說。我不記得上次她告訴我們新的故事是什麼時候了。「還有什麼？」

「那些老虎在找我，」她說，手沿著我的手臂往下滑，陷入沉思。「我偷了某個屬於牠們的東西，那是在很久很久以前，我像妳這麼小的時候，而現在牠們想要拿回去。」

「等等，什麼？這是關於妳的故事？」

「這是真的故事。老虎是真的。」

我把身體向後一靠。她以前從來沒有說過關於自己的故事。偷老虎的東西聽起來沒道理。如果是昨天，我可能不會相信她說的話。我可能會認為這是她編出來的故事，因為這當然不可能是真的。

就像消失的老虎不可能是真的。

然而我卻親眼看見牠消失。

我拉了拉自己的一根辮子。「妳偷了什麼？」

如果這個故事是真的，或許老虎也是真的。或許這就是牠出現的原因。但究竟是什麼東西這麼重要，能讓老虎橫越全世界，一路追到這裡？而從老虎身上偷東西……做出影響這麼大又這麼危險的事情，是什麼感覺？

她皺眉。「不重要，小不點。問太多問題不安全。」

「但是……」

大門再次被猛然打開，媽氣喘吁吁地走進屋裡，把兩個行李箱砰的一聲放到地板上。

「沒有但是但是但是，」海莫尼對我發出嘖嘖聲。「我們不談那個。」

媽把眼鏡推上鼻樑，喘了口氣。「談什麼？」

海莫尼給了我噓的眼神，要我安靜，所以我什麼也沒說。

媽眨了眨眼。「妳們有誰要告訴我嗎？」

海莫尼用過於和藹又無辜的語氣說：「不，我跳過。」

媽歪著頭。「妳……跳過？跳過什麼？跳過不告訴我？」

海莫尼邊微笑邊點頭。「跳過。」

媽來回看著我們，我聳聳肩，裝作自己什麼也不知道。

媽看起來想繼續問下去，但只嘆了口氣。「好吧，既然這樣，我要再去搬我們的東西了。莉莉，別坐在廚房流理臺上，」她說完後回頭走下樓梯。

我滑下流理臺，但媽一走，我就轉向海莫尼。「妳拿走什麼？為什麼要拿？結果發生什麼事？」

海莫尼遞給我一疊盤子。「說夠了。妳現在去擺餐桌。告祀會保妳平安，讓老虎遠離妳。」她轉身背對我，繼續切菜。

平常我們在準備告祀時，她會讓我提前偷嘗一口，邊眨眼邊低聲說，吃快點，神靈才不會看到。

但今晚的氣氛與以往不同。她沒有給我偷吃，我也沒有開口要求。我照她說的去做，擺好餐桌，腦中想著老虎、小偷與海莫尼的故事。

海莫尼總是跟我們講在現實中不可能發生的故事，而現在我心想著：要是那些故事是真的呢？

5

讓我和你說個故事。那個故事。老虎的故事。以免你正在納悶。以免你正坐著，等著，迫不及待想知道。

很久很久以前，當老虎像人一樣行走時，有兩個小女孩和她們的海莫尼住在一棟爬滿藤蔓的小屋，房屋位在村莊邊緣，矗立於山丘頂端。這兩個女孩是姊妹，留著黑色長辮子。兩人有一樣的喜好，包括對年糕的喜愛。

有天，她們的海莫尼去村裡為孫女買年糕，回家的路上卻被一隻老虎攔了下來。老虎不知從哪裡冒出來——彷彿是從天上跳下來似的——站在海莫尼面前，擋住她的去路。

妳有我想要的東西，老虎說。

如果老虎對你有所要求，你是很難逃脫的。最好的辦法呢？就是逃跑。別和老虎說話。當然也不要聽牠說的話。

因此，海莫尼把年糕丟向老虎，想分散牠的注意力，並趁著老虎一口吞下年糕時拔腿逃跑。

真美味！老虎喊道。但如果給了老虎年糕，牠就會想要搭配其他東西一起吃。還要更多！

海莫尼沒有逃得很遠。老虎追上她，猛撲到她面前。但海莫尼已經沒有點心了，於是老虎一口將她吞下，像吃年糕一樣。唯一沒有被吃掉的是她的頭巾。頭巾輕輕飄落到地上。

然而，老虎還想要更多。牠並不滿足——老虎永遠都不會滿足——但牠很聰明。牠拿走海莫尼的頭巾。幾天後，當牠前往姊妹住的小屋時，牠戴上頭巾來偽裝自己。

老虎邊敲門邊說，小女孩們，我是妳們的海莫尼。我被鎖在外面了，外頭下著雨又好冷啊。讓我進去吧。牠一邊用爪子刮著房子的外牆。

刷、刷、刷。

女孩們知道事情不對勁。她們海莫尼的指甲從來不曾如此長、如此髒。海莫尼喜歡修剪自己的指甲。

但女孩們太想念海莫尼了。老虎說，小女孩們，我給妳們帶了年糕。給恩雅和艾吉的小點心。

妹妹好想要海莫尼回來。老虎呼喚她，相信我，小艾吉。相信我。

於是，她跑向前門，一把將門拉開。

艾吉屏息而待。老虎大吼出聲。

這裡有個教訓：絕不要相信老虎。

艾吉很快就發現老虎不是她的海莫尼。（海莫尼不是那種會大吼大叫的人。）

於是，兩個女孩拔腿就跑，老虎則追在兩人身後。一路穿過沙漠與大海，穿過覆滿白雪的群山及陰雨綿綿的森林。她們跑啊跑，直到前方再也沒有陸地。橫亙在她們面前的是空無一物、深不見底的坑洞——是世界的盡頭，是故事的結局。

到此為止了，恩雅哭喊說。

老虎朝她們逼近。牠飢腸轆轆。

救命啊！艾吉心想。她閉上眼睛，向天神乞求。救救我們！拜託拜託拜託。

讓她驚訝的是，天神回話了。嗯，祂說，好，可以啊。但代價是要跟我說一個故事。

就連天神也無法抗拒故事的誘惑。

於是，艾吉和恩雅迅速動腦筋，跟祂講了一個故事。

聽到天神最後救了兩個女孩，你一定不驚訝。像這樣的故事都會有快樂的結局。就在老虎要撲向她們，將兩人一口吞下時，天空的一端降下一條魔法繩索，另一端則降下一段魔法階梯。

恩雅抓住繩索，艾吉則踏上階梯，兩人開始往上爬——往上再往上，直到她們終於安全抵達天空王國。

天神在那裡跟她們說，兩人可以永遠跟祂待在一起，但她們需要工作才行。要住在天空王國？代價可是很高昂。

於是，姊姊成了太陽，妹妹成了月亮。

恩雅雀躍不已，但艾吉淚流不止。大家總是抬頭仰望月亮，但她不喜歡這樣。她想要躲藏。

所以，姊姊提議兩人交換工作。別擔心，妳可以改當太陽。沒有人能夠注視太陽。

問題解決了！她們再次過著快樂的生活，各自住在天空的兩端，永遠安全。

而老虎呢？牠就在那裡，遠在凡間，請求天神讓牠也能到天上來。但天神不聽牠說的話。祂不想聽老虎的故事，老虎因此被放逐了。

我小時候，海莫尼會年復一年和我們講這個故事，我每次都很滿意故事的結局。

我從來沒想過那隻老虎怎麼了。

我從來沒有停下來問：老虎會有什麼故事？

我從來沒有停下來想：如果老虎回來了，會發生什麼事？

6

我醒來時渾身是汗。床單亂成一團，汗水沾溼枕頭，床也咯吱作響。我的肚子發出叫聲，我才發現自己非常想吃泡菜當宵夜，於是我翻開被子溜下床。我躡手躡腳走過房間，經過姊姊身旁，心裡一邊祈求那些會發出噪音的木地板條能保持安靜。它們沒聽我的請求，地板在我腳下嘎嘎作響。

儘管如此，小珊動也沒動。

我走出房間，下樓時緊抓著扶手，在黑暗中瞇起眼睛，想看清陰影中的一切。那些陰影有點詭異。

它們似乎在我面前舞動、扭曲，彷彿是某種我看不見的東西所投下的陰影。

我揉揉眼睛，甩頭想讓自己清醒。陰影恢復正常了。我悄悄走下樓，經過海莫尼的臥室，走過睡在沙發上的媽媽。

我躡手躡腳走向廚房……

然後停下了腳步。

原本堆疊在地下室門口的那些紙箱被推到一旁，空出一條暢行無阻的通道。

我知道媽想移開那些紙箱，但我不覺得她會真的這麼做，她不會想讓海莫尼不高興。而且，她是想要把紙箱移到牆壁那邊——不是只往旁邊移開幾吋。

更詭異的是，門被打開了。

一股無形的重量壓在我的胸口，讓我難以呼吸。

外頭的樹枝隨風飄動，刮著窗戶，地下室的門似乎微微地來回晃動著。

我悄悄走近那扇門。

別誤會我，我看過恐怖片。我和小珊以前會一起看恐怖片，雖然整場電影我都把臉埋進她的肩膀，我還是很清楚有什麼守則：

1. 別進地下室。

2. 也絕對不要一個人去。

但現在的情況不一樣。這不是那種恐怖地下室。

以前每當媽媽不在時，我和小珊就經常待在這個地下室玩。我們會演出海莫尼跟我們講的故事，也自己編童話故事。地下室那時放滿了海莫尼的舊物，因此我們每次都有新發現。

那個地下室是我最愛的地方。

而現在，它在呼喚我。我的胸口感受到一股拉扯，而我體內，就在胃部正後方，也感覺到那股吸引力。

木門在我的手掌下散發暖意。我將門推開，門發出嘎吱的聲響。

我屏息以待，不確定自己是害怕還是興奮。

什麼也沒發生。

我胡亂摸索，想找到電燈開關，但開關顯然壞了，於是我只好藉著從牆頂端一扇狹窗透進來的月光走下樓。裂開的木板刺痛我光著的雙腳，然後，我走到底端。

我先是感到安心，因為地下室是空的。

然後是失望，因為它是空的。

這個地下室其實很小，它在我還小的時候感覺比較大。這個房間曾像個謎團——要怎麼從這一頭到另一頭去？要爬過哪些紙箱？要怎麼走才行？

現在，地下室空無一物。

完全沒有東西，甚至連水也沒有——即使海莫尼說地下室淹水了。我跪在地上，手摸過地毯。地毯乾到不行。

地毯不是應該要是溼的嗎？不是也應該要聞起來……我不知道……是潮溼的？帶有霉味？

地下室聞起來就跟往常一樣——灰塵瀰漫，充滿回憶，像一本舊書的內頁。

我咬著臉頰內側。也許是我太多疑了，但這一切都說不通啊。如果地下室從來沒淹過水，海莫尼為什麼要搬動她所有的東西？

她又為什麼要說謊？

有個聲音嚇了我一跳。那是個低沉的呻吟，像是動物發出的聲音，我跌跌撞撞地走回樓梯，絆到自己的腳。恐懼輕咬著我的腳指頭，我急忙衝上樓梯，一次跨兩階，幾乎忘了要呼吸，直到跑出了地下室，門在我身後緊緊關上。

我靠著關起的門，讓呼吸和顫抖的雙腳恢復平穩。

我現在該回床上了。一個晚上這樣的刺激就夠了，我也已經失去胃口。

我又聽到那個聲音，而我現在發覺它是從浴室傳來的。浴室門微微開著，我待在暗處，偷偷朝裡面看。

而在浴室裡，我看到一頭暗影野獸，牠全身覆滿黑鱗，弓著背部，費力喘息。牠低吼和移動的樣子，好像全身的骨頭都斷了。

我的心臟瞬間停止跳動，但是接著暗影褪去……
那根本不是一頭野獸。是海莫尼。而且有事情不太對勁。

7

我試圖理解眼前這一幕，但那沒道理啊。那根本不是怪物，而是海莫尼。

生病的海莫尼。

正在嘔吐的海莫尼。

小孩子一天到晚都在生病。小珊老是跟我說，你們這些小孩全都是用細菌構成的。（說得好像她就是個大人。）但她也沒說錯。因為大人不應該嘔吐。尤其是海莫尼，她不應該嘔吐。海莫尼是如此光鮮亮麗，而我看到的是如此……噁心。

海莫尼一直都是睡眠達人。她八點半上床，頭髮夾著髮捲，裹在頭巾裡，臉再敷上面膜，然後睡滿十二個小時。

任何事都不能阻止她睡美容覺。除了，我想，眼前這種情況。

一個好孫女應該要上前幫她。好女孩應該要幫她拿餅乾和水來，並為她撩起頭髮。

但不知道為什麼，我站著沒動。儘管我很努力，卻無法使喚我的雙腿，也無法迫使我的手去把門推開。

我不是個好孫女。

我覺得自己好像看到了不該看的東西。海莫尼從微開的門縫看見我。我試著要啟動隱形能力，但太遲了——海莫尼看到我了。她總是能看到我。

「莉莉，」她用沙啞的聲音說。她黑髮上的髮捲看起來像鱗片。「我剛剛就覺得有聽到妳的聲音。」

她的臉隱匿在黑暗之中，我看不出她在想什麼。她對我不高興嗎？因為我這樣偷偷摸摸而生氣了嗎？她想要我離開嗎？但當我開口，我只是小聲地問：「妳還好嗎？」

她沖了馬桶，站起身往前走了幾步，月光灑落在她身上。她眼睛和嘴唇周圍的皺紋比平常要深，但整個人看起來相當健康。要不是我親耳聽到她嘔吐，就不會想到她有任何不對勁。「當然，我很好。我的家人都在這裡，所以不只是很好，是非常好。」

「但是……」我的聲音變得沙啞。我清了清喉嚨：「妳……妳生病了嗎？」

「喔，對，莉莉。只是一點小病。大家是怎麼說的？有點不蘇胡？」

我有時會認為她故意唸錯，好逗我們笑，藉此分散我們的注意力。「不舒服？」

我幫她說清楚。

她點點頭。「對，有點不舒服。但我沒事。」

我深呼吸，冷靜下來。每個人都可能會得腸胃炎，海莫尼也不例外。

只是有一點不舒服而已。

「妳為什麼起來了？」她問。

「我睡不著。我在想……那隻老虎。」

她看著我，有三個心跳的時間那麼久，然後她伸出手。「來和我一起睡吧，」她說，「我現在就和妳說。我告訴妳我偷了什麼。」

8

海莫尼帶我走進她的臥室，我躺在她身邊，在被子底下蜷成一團。我在黑暗中仔細觀察這個房間。

她的床頭櫃跟往常一樣擺著相框，照片中有我、媽、小珊。

而她的床頭櫃上也放了新的東西——整排的橘色小藥罐，各式各樣的都有。

我還沒來得及開口問這些東西是什麼，她就說：「我偷了故事。」

我吸了口氣，試圖理解她是什麼意思，但有點困難。我的外婆，偷了故事，還是從虎靈那裡偷來的。

整件事有很多地方都沒道理。

「妳是怎麼偷故事的？」我問。

海莫尼沉默了許久，久到我以為也許她改變心意，不想告訴我了。但其實她只是想等個幾秒，營造懸疑感。她牽起我的手，指尖沿著我掌心的生命線劃過。在我還小的時候，每當海莫尼故事講到恐怖的地方，她常會這麼做好來安撫我。

「那些故事來自過去。很久很久以前，當老虎像人一樣行走時。」

我的身子朝她挪近，聽到這些神奇字句，我的心彷彿在哼著歌。

「那些故事來自過去，那時夜晚很漆黑。全然的黑暗。而在黑暗之中，有位公主住在天空中的城堡。公主非常寂寞，於是她向黑夜輕聲訴說一個又一個故事。這些故事變成了星星。」

海莫尼以前叫我們伸手從空中抓下故事時，我都以為那只是好玩而已。我從來沒想過她就是字面上的意思。「星星是故事變成的？」

「對，沒錯。現在聽好，」她要我保持安靜，自己繼續說下去。「天上的公主講了數不清的故事，整個天空因此變得非常明亮。再也沒有哪裡是一片黑暗了！而地上的人們，那些住在村子裡的人們也都開心得不得了。再也沒有夜晚了。」

我朝窗外如墨水般的漆黑中望去，身子微微顫抖。*再也沒有夜晚。*

「故事的力量這麼明亮又強大，老虎當然想要得到。牠們找到最高的山，爬上最頂峰，讓繁星環繞在自己四周，並看守著天空。」

海莫尼繼續說：「人類也很愛那些故事，但有些星星說的故事我不喜歡。那些故事……很危險。有些故事太危險了，不能說。」

我頓了一下。「但故事怎麼會危險呢？」

海莫尼的手臂緊緊將我環抱住。「有時候故事會讓人感覺很糟糕，有時候故事會讓人做出壞事。有些故事讓我感到難過，覺得自己很渺小。」

我咬著嘴唇。海莫尼告訴我們的故事總是有快樂結局。那些故事都是關於聰明的女孩、充滿愛的家庭，關於化險為夷的戰士公主。

「當我的海莫尼跟我講起難過的故事，講起我們的韓國歷史時，她哭了，」她說。「我看到鄰居因為這些故事感到害怕，我的朋友感到憤怒。於是我心想：我們為什麼要聽不好的故事？不好的故事如果就這樣消失，不是會更好嗎？」

我吞了吞口水。這確實有道理，我心想。

「所以，在一個安靜的晚上，我從家裡拿了幾個罐子，帶著上山。一路跟蹤那些老虎到達洞穴。

「在我們那最小的村子裡，我是體型最小的女孩，我也知道要怎麼偷偷摸摸。我在洞穴外躲好，等到老虎睡著、鼾聲大作才開始行動。我摘下星星——就是那些不好的故事——把它們塞進罐子。」

這又是一件看起來不可能的事——但也許這世界超乎我的認知。也許會消失的老虎和能被捉住的星星真的存在。

「妳偷了星星，」我說。

「沒有偷走全部。但是……沒錯。」

我想知道將星星握在手裡是什麼感覺——它們是否會像沙土般粉碎或像玻璃那樣破裂，是否會燙得熾熱或冰得刺骨。

海莫尼繼續說：「封好罐子後，我躡手躡腳離開洞穴，沒有發出半點聲響。離開之前，我心想，我要更保險一點，我要確保牠們不會追上來。於是，我從森林裡撿了石頭，一塊接著一塊將它們堆在洞口，直到堆成一道牆。一道又大又重的牆，把老虎都困在裡頭。」

我一陣發抖，想像著老虎的爪子刮著牆的另一邊。

「我心想：不要再有不好的故事了，不要再有了。我再也不想聽到那些故事了，於是我從那小村莊逃走，逃得遠遠的，橫渡大海，跨越整個世界，到一個新的地方。在新地方我能遠離悲痛，」海莫尼越來越睏，聲音也漸漸變得微弱。「我偷了星星，把它們藏起來。」

「妳怎麼知道？」我問。我把溫暖的腳趾頭貼在她冰冷的腳上。「妳怎麼知道自己會沒事？」

「我不知道，但我相信自己。如果妳相信自己，就表示妳很勇敢。有時候，相信就是最勇敢的事。」

「所以後來都沒事了？」海莫尼從來不太談自己是怎麼從韓國來美國，我也從沒想過要問。

她沉默了許久，久到我以為她可能睡著了。然後她說：「沒有什麼能永遠持續下去，莉莉。老虎逃出來了。那些老虎非常生氣。牠們現在要來找我。」

我聽到客廳傳來嘎吱的聲響，身體緊繃了起來——但那可能只是媽在睡夢中翻了身。

海莫尼將嘴唇緊貼著我的額頭，她說的話模糊成一團，接著她進入夢鄉。「牠們現在在追捕我。牠們不會停止追捕。」

9

我的夢裡都是老虎。隔天早上醒來時，我躺在熟睡的海莫尼身邊，想著她的故事。各種問題如雷般在我腦中轟隆作響。

她偷了哪些故事？我很好奇，我也有點想聽聽這些故事，就算它們很危險也想聽。但我還有更重要的問題，像是：我真的看到老虎了嗎？如果是真的，我相當確定那就是在追捕海莫尼的老虎。

我們得做點什麼才行，我們不能只是坐以待斃。我們需要想出一個計畫來保護自己。

我睡不著了，於是我溜下床，放輕腳步，從海莫尼的臥室走進客廳。外頭的雲遮住了太陽，讓屋子看起來很灰暗。客廳很安靜，所以當我發現媽坐在沙發上時嚇了一跳。

她微微側著身背對我，身體前傾，手裡端著裝半滿咖啡的馬克杯。蒸氣往上飄舞，輕輕拂過她的臉龐，但她沒注意到。

我發覺上次看到媽媽如此靜止，已經是很久以前的事了。她總是一直忙碌著。而現在，我覺得自己好像捕捉到很珍貴的一刻。我想要保存起來，將這一幕珍藏在心頭。

她凝視著客廳窗外，但那裡除了樹林的模糊輪廓和遠處的幾棟房子之外，沒什麼好看的。

我跨出腳步朝她走去，木地板條發出嘎吱聲。

她身體猛地一顫。熱咖啡在馬克杯中晃動，就快灑出來了。「莉莉！妳嚇到我了。妳太安靜了，總是悄悄出現在我身後。」

「喔，」我說。我不是故意要偷偷跟在她身後的。「抱歉。」

她只是微笑。「妳好嗎？睡得還好嗎？」

這個問題的答案太複雜了，所以我點頭回應。

我想點個頭對媽來說就夠了，因為她沒有再追問下去。她站起身，把馬克杯重重放在茶几上。她起身時我才注意到她盛裝打扮，穿著正式襯衫和工作褲。「妳餓了嗎？」她問。

「不餓，」我說。「妳為什麼穿成那樣？」

「我今天早上有工作面試，」她解釋，同時在廚房東翻西找，碗盤噹啷作響。我們才抵達這裡一晚而已。大多數的媽媽會想要先安頓好、收拾行李，但我媽當然早就已經安排好一場面試了。她還在加州時是一名會計師，她一直很賣力工作。

「但我有時間弄點東西給妳吃，」媽繼續說。「妳真的應該吃點東西。昨晚吃剩的年糕怎麼樣？」

「不用了，謝謝，」我說。「我其實在想……」

「妳確定？」她問。「加熱後很好吃喔。我有沒有告訴過妳，我們以前剛搬到這裡的時候，海莫尼曾經賣過她做的年糕？每個人都愛死了。」

我往前踏了一步。「真的嗎？」媽很少談自己小時候的事情。

「那茶呢？妳想喝一點茶嗎？我可以幫妳泡點茶，」媽打開櫥櫃，然後停住，手懸在半空中。「好吧，海莫尼把馬克杯都移到另一邊了。之前不是放在那裡。」她從新的位置拿了一個馬克杯，開始泡茶，即便我其實並不想喝。我不喜歡茶。

「媽……，」我猶豫了一下，試著盡量讓語氣聽起來很隨意。「海莫尼有沒有在妳小時候跟妳講過故事？那些現實中應該不可能發生的故事？」

媽皺起眉頭。「噢，我不知道，也許有吧。但我從來就不像妳那麼喜歡閱讀。我喜歡出門玩，所以其實沒什麼聽故事的耐心。」

「喔，」我有時候會有像這樣的感覺，就好像我有哪裡不對勁，但我把這感覺拋到一旁。「那她有沒有跟妳說過關於她童年之類的故事？」

媽的眼神變得恍惚，就像她剛剛望向窗外的樣子。「她從來不多談自己在韓國的歲月。我知道她出身貧窮，住在離首爾幾哩遠的農村裡。我知道她和她自己的海莫尼相依為命。我知道她媽媽在她非常小的時候就搬到美國。海莫尼自己也搬來美國的時候，曾試圖找她媽媽——當時我還只是個小嬰兒——但我不認為她有找到。」

「我是說像是……」但我究竟要如何解釋這一切？妳曾發現過藏在玻璃罐中的星星嗎？妳曾經被老虎追過嗎？「算了。」

媽深呼吸，勉強擠出笑容。「反正，妳應該要認識一下住這附近的小孩。我幾個高中朋友有跟妳一樣大的孩子。我可以幫妳找個玩伴。」媽每次想轉換話題時都會這樣突然就換成別的話題，並假裝我們從頭到尾都是在談這個新話題。

我不想多解釋「玩伴」差不多在六年前就對我沒用了。我也不想特地解釋交朋友有多難。

對有些人來說，朋友就是會留在他們身邊。就像小珊。即使她有時對人很不友善，但她身旁總是環繞著一群人。她要回覆的訊息永無止盡。但我從來就沒有那種人緣。

我曾有幾個朋友，也有一群女孩曾經和我一起玩過一陣子。小珊說她們也都是QAG——像我一樣的安靜亞洲女孩——但她們最終都和我漸行漸遠。她們沒有對我不好或做什麼事，但她們有活動時就會忘了找我一起去。就像忘了我的存在一樣。

她們沒能留在我身邊。

我想那也沒關係，那只是因為我的隱形能力。

「我現在要去面試了，」媽說。「妳應該去屋外走走，呼吸一點新鮮空氣。也許去一下圖書館？妳可能會在那裡遇到一些愛看書的小孩。而且妳也很愛圖書館。」

我是喜歡圖書館，我猜。但我不知道她從哪裡看出我很愛圖書館，尤其我以前很討厭馬路對面那間圖書館。

我小時候堅決不進去那裡。媽和小珊進去圖書館的時候，我會坐在外頭階梯上，等她們把繪本帶給我。

媽不懂為什麼我那麼害怕，那間圖書館位在森林的正前方，看起來就像間可愛的小屋。大門和窗框都畫著五彩繽紛的圖案。

但我跟她說：它看起來像〈糖果屋〉故事裡的薑餅屋。

我想媽大概忘了這件事。

我內心突然竄起一股怒火，但被我壓抑下來。「對，好吧。」

媽看起來鬆了口氣。「太好了，莉莉。妳最棒了。我有跟妳說過妳是最棒的嗎？」她把茶放到我面前，伸手揉亂我的頭髮。「在圖書館玩得愉快，好嗎？」

她走出門，前門重重在她身後關上。我啜飲著我其實並不想喝的茶。茶燙到我的舌頭，嘗起來有土味，但滾燙的液體從喉嚨流下時讓我清醒了。

而且我很生氣。因為有時候，媽媽腦中好像有個完全不同的莉莉。一個虛擬的我，與真實的我大不相同。

我不喜歡茶，也不愛圖書館。而且，假如我不是最棒的該怎麼辦？她又怎麼會知道？她又不是有在認真關心。

我起身，把茶倒進水槽，棕色茶水形成的漩渦讓我內心一陣激動。我覺得自己的舉動很隨便又浪費，不過這感覺不錯。

我倒完茶後，扔下馬克杯——但太用力了。馬克杯裂開來。

我盯著那個裂痕看了片刻，內心有什麼也跟著裂開——像開了一個巨大的黑洞，我不敢望進去。

我的怒氣來得快，去得也快，就這樣一點一滴流光了。我不知道是什麼觸動了我。我拿起馬克杯，將它埋在垃圾筒最底部，藏在沒有人會找到的地方。

然後，我換上牛仔褲和條紋短袖上衣，頭髮懶得梳就直接綁了辮子。我穿上雨衣，過了馬路，前往圖書館。

我不再是小女孩了。我不怕〈糖果屋〉。我才不怕童話故事。

我也不認為自己會在那裡遇到任何「愛看書的小孩」，但也許我會做點研究。

如果老虎在追捕我外婆，那我就要找到保護我們的方法。

10

通往圖書館的階梯布滿裂縫，圖書館的窗戶是暗色的玻璃，屋頂也微微下陷，彷彿它很疲倦。很難想像這就是我小時候害怕的薑餅屋圖書館。那些神奇魔力都消失了。

我抵達門口，用力拉了一下門。門沒開，我又試了一次。正當我心想門是不是鎖著的時候，這棟屋子終於放我進去了。屋裡有霉味，但很溫暖。

一位有點年紀的人坐在服務臺，他的視線從古董電腦抬起。他鼻樑上掛著金屬細框眼鏡，臉頰紅通通的，雙頰間濃密的白色八字鬍抽動了一下。如果他沒那麼用力皺著眉頭的話，看起來可能會有點像聖誕老人。

「請問需要幫忙嗎？」他問，語氣聽起來並不太想幫我。他的雙臂在胸前交叉，將他的絞花針織毛衣弄皺了。

所以，沒有邪惡女巫，但有個脾氣暴躁的聖誕老人。這也算很接近了。

「呃，沒關係，」我告訴他。「我就只是看看。」

他盯著我，我不確定該怎麼辦。有那麼一瞬間，我心想自己是不是不被允許進圖書館。但這個想法太荒謬了，這可是圖書館耶。

「妳有卡嗎？」他問說。

我一開始不確定他指什麼。「喔，對，圖書證。呃……沒有。」

雖然他有點嚇到我了，我還是朝服務臺走近。他的濃眉皺在一起。他看起來像在等待著什麼，但我不確定他需要什麼東西。

「我叫莉莉，」我告訴他，「莉莉・里維斯？我的海……我的外婆住在對街。我剛搬來跟她住。」

他眉毛猛然上挑，點了一下頭，看起來像是在表示贊同。他還在皺眉，但沒皺得那麼緊了。「妳是愛慈的外孫女，」他確認。「我會把妳的圖書證歸在她的帳戶下。」

他用喀噠喀噠響的鍵盤打入我的資訊時，我向他道謝。

「她是個好人，」他過了片刻後這麼說。「她剛搬到這裡時，這個小鎮的確一時很難適應。但我欠她一個人情。瓊安——妳母親？——那時成天跟在她身後。」

「噢，」我說。我不確定為什麼他欠她人情。我也不確定媽是不是有成天跟著海莫尼到處跑。我試著想像，卻做不到。她們兩人根本截然不同。

他刷了一張紅色的圖書證，然後把卡交給我。「那，再見了。」

「噢，」我又做了一樣的回應，接過卡片，悄悄塞進口袋。「呃，其實，我想知道你們圖書館有沒有任何關於老虎的書？」

他皺起眉頭，身體移向電腦。「是為了要做學校的暑假作業嗎？還是因為個人興趣？」

「個人？」我的語氣像在提問一樣。

他哼了一聲。「現在的小孩都不太常來圖書館了。他們都以為網路上什麼都找得到。」

「是啊，」我說，因為我不確定除此之外要如何回應他。我想現在的小孩多半不會碰到虎靈在追捕自己外婆的情況，我不覺得在 Google 輸入邪惡虎靈會搜尋得到任何有用的結果。

有人在我身後嘀咕著，我轉身看到一個跟小珊年紀差不多的女生。她的膚色偏褐色，臉上有雀斑，一頭捲髮，推著一輛空的運書車。「喬，你真的在跟這位可憐的女孩談現在的小孩那個話題嗎？」

「我又沒說錯，」圖書館員——喬——這麼說。

那個女生對喬搖了搖頭，向我伸出手。「哈囉！歡迎來到陽光鎮聞名全球的圖書館！我是詹森。」

我跟她握手，她很有力地回握，她的手握起來很溫暖。她笑起來的時候，顴骨上四散的雀斑看起來像在跳舞。海莫尼總說雀斑是幸運的象徵。

「她是詹森，」喬補充說道，雖然沒有必要再介紹一次她的名字。「她是我的員工。」

詹森笑了起來。「還真是一清二楚的介紹啊。既然妳已經知道我所有的資訊了，那妳叫什麼呢？」

「莉莉，」我告訴她。

她露出笑容。「那麼，莉莉，很高興認識妳。妳以前來過這裡嗎？」

我搖頭，她笑得更開心了。「棒極了。老實說，鎮上多數的人大概都沒來過。我們正在想辦法為這個地方注入一點活力，提醒鎮民圖書館就在這裡之類的，但誰知道結果會如何呢？」她聳聳肩，傾身靠向服務臺看喬的電腦螢幕。「老虎，酷。跟我來，我可以帶妳參觀，帶妳看看野生動物書區。」

喬回去打電腦。我跟著詹森穿過一列又一列的書架。

「我先說喔，這間圖書館的館藏不多，所以不用多久就會逛完了，」她笑著。

露出笑容對這個女生來說毫不費力，笑出聲來更是輕而易舉。

我們在走道間穿梭時，我想起海莫尼的地下室。在地下室的紙箱和櫃子被她搬上樓前，它們就像回憶構成的迷宮。我深吸一口氣。

詹森轉頭看我。「妳剛來我們小鎮嗎？」

我跟她說我搬來跟海莫尼住，她露齒一笑。「我認識妳外婆，大家都愛她。」

「真的？」

她歪著頭，看起來有點困惑。「對啊，當然。她人超級好，又有趣，而且她總是穿得很好看。」

我頓時感到驕傲，因為海莫尼當然是人見人愛。大家都應該要愛海莫尼。

但同時，奇怪的是，我也感到胸口一緊。我完全不了解海莫尼在陽光鎮的生活。除了我年幼時住在這裡的記憶，我只認識在加州的她。而在加州時，她的生活是圍著我們轉。她是屬於我們的。

內心湧現的嫉妒嚇到了我——就像今天早上我對媽的怒氣一樣。我不喜歡這樣。這些不是我該有的感覺。

我把注意力拉回詹森身上，她一直在講話。「我有在當家教。我教的是中學的語言藝術科。所以，妳以後需要幫忙的話，就跟我說一聲。」

我開口時聲音沙啞刺耳，我每次跟陌生人說話時都會這樣。「嗯，好。謝謝妳。」

參觀之旅在圖書館後方的一個小房間結束。我看到裡面有小冰箱、櫥櫃、兩張椅子，和圖書館的後門。門口旁的牆上有張褪色的海報，畫著一隻掛在樹上的貓，海報用白色的泡泡字體寫著**堅持下去**。我不知道是誰貼上去的，但肯定不是喬。

「這裡是員工休息室，」詹森解釋說，「但我都跟我的家教學生說他們可以進來這裡。這間房間塞滿了甜食，每個人都會需要一點糖分。」

她從冰箱拿出巧克力杯子蛋糕遞給我。

我童年的恐懼瞬間閃現——漢賽爾和葛麗特就是被甜食引誘進糖果屋的。但我把恐慌的情緒甩開，一邊謝謝她，一邊接下杯子蛋糕。

詹森靠向我，壓低聲音說：「我偷偷跟妳說個祕密——這是喬做的。」

我挑起眉毛，她笑了出來。

「是吧？」她說，「他看起來不像是會烘焙的人，但別用太嚴厲的眼光批判他。妳認識他之後，就會知道他沒那麼糟。我總是說喬就和這整個小鎮一樣，表面上看起來有點討厭，但只要稍微深入了解，就會發現內在真的很棒。」

我感覺得出來詹森就是媽所謂的無可救藥的樂觀主義者，不過，她的快樂具有感染力。我笑了，然後咬了一口蛋糕。巧克力彷彿在我體內注入了一股能量。「真的很好吃，」我告訴她。出於某種原因，這個杯子蛋糕讓我想起海莫尼的年糕，即便兩者嘗起來完全不一樣。「他可以在外面賣這些蛋糕了。」

她用古怪的眼神看了我一眼，我立刻覺得尷尬。我不知道自己為什麼會那樣說。海莫尼也許曾賣過自己做的年糕，但那是因為她搬來這裡時需要錢。

詹森咧嘴而笑。「這個點子太棒了，莉莉。」

「喔，好，」我說。我聽不出她是真心這麼說，還是只是在說客氣話。

「不管怎樣，」她繼續說，「以後妳每次來的時候，都可以偷拿一些去吃。我希望妳會再來。這裡變得有點冷清了。」

我喜歡詹森。在我對青少年的認知中，沒有人像她這麼友善的。她基本上跟小珊完全相反。我不知道她看著我的時候，究竟看到了什麼，但我知道她確實看見我了。這種感覺很好，也讓我有點心癢癢的。

詹森帶我走到野生動物的架位，我快速翻閱老虎相關的藏書——《關於老虎的一零二個事實！》以及《關於老虎的另外一零二個事實！》，結果令人相當鬱悶。

我兩本都瀏覽了一遍，想找到有用的資訊，比方說：有一種老虎可以神奇地憑空消失！或是：如果老虎在追捕妳的外婆，以下是阻止牠的方法！

但我得到的卻是：

・老虎的犬齒可以咬穿骨頭！
・如果你直視老虎的眼睛，牠殺掉你的機率可能會降低——但要小心！
・老虎吼叫聲的低頻能將人麻痺！

我把書放回書架上。這不是我要的資訊，而且這些資訊只讓我覺得被老虎追捕實在不太妙。

「其實，」我吞了吞口水，開始緊張起來，「妳們有任何關於老虎的故事嗎？」

詹森手指捲著一綹捲髮。「嗯，我們有《納尼亞傳奇》，但我想那是獅子才對……妳有特別想到哪些故事嗎？也許可以讓我更了解妳的喜好。」

我當然不能跟她提起虎靈和被偷的星星，但我可以告訴她海莫尼原本的那個老虎故事。

我盡可能只講重點。「嗯，有個故事是在說一隻老虎，牠吃掉，呃，一個奶奶，然後牠穿上奶奶的衣服，想要吃掉奶奶的孫女。然後，牠追著她們，結果……」

「聽起來像〈小紅帽〉！」詹森打斷我。

「不對，那個故事是狼，」我說。「我這個故事是來自韓國。」

她心不在焉地用手指滑過一排書的書背。「我沒有聽過韓國的版本。不過，這還真有趣，不是嗎？有些童話故事在世界各地流傳著不同版本，甚至是在那些彼此沒有交集的地方。但這些故事本質上都一樣。」

我想解釋這個故事完全不同。這個故事是關於一對姊妹、太陽與月亮，和一隻老虎。它與眾不同。

但詹森接著說：「就好像這些民間故事有自己的想法一樣，像是它們在世界各地到處漂泊，等著人來講出它們的故事。」

我身體一陣發涼。我想像海莫尼偷的那些故事是有生命的，被鎖起來藏在某處，拚命想逃脫。「是啊，」我低聲說。

「但我懷疑我們圖書館可能沒有關於韓國民間故事的書，」她挑眉。「老實說，我們小鎮大多數都是白人，所以不會看到太多其他文化的東西。比如說，我有時候會在鎮上唯一一間亞洲餐廳值班當服務生——就是那間『龍之百里香』？我知道，這個名字挺俗氣的，亞洲的食物裡也沒有放百里香，但這就是我們住的小鎮……」她清了清喉嚨。「不管怎樣，我會請喬訂一本韓國民間故事。根據圖書館的預算……」

我沒有繼續聽下去，因為我的餘光瞄到一條老虎尾巴。那尾巴一甩，橘黑色一閃而過，消失在隔壁的走道。

我的心跳漏了一拍。

隱形女孩的超能力是用來躲藏、讓自己消失。讓自己遠離麻煩。這是我擅長的事。

快逃，我告訴自己。躲起來。

但我的兩條腿不聽使喚。我已經開始沿著走道走過去，一面結結巴巴地對詹森說：「其實，我想……呃……那裡可能有一本書。就在那裡！」

我追著那隻老虎，牠的尾巴忽隱忽現，我跟著在走道之間左拐右彎……直到我正面撞上一團又黑又橘的東西。

11

那不是老虎。是一個男生。

一個矮小的白人男生，身穿亮橘色的短袖上衣、黑色牛仔褲，蓬亂的棕髮上戴著復古報童帽。

「抱歉！」我脫口而出。我看向他身後。我可以發誓剛才我真的有看到老虎尾巴，但現在不見了。我們就只是站在其中一條走道，身邊環繞著漫畫書。

那個男孩笑了出來，他脫下帽子和我打招呼：「妳好，我是瑞奇。我很抱歉我們是在這種相撞的情況下遇到。」

我還沒能開口回答，他就對著從我身後跑過來的詹森大喊：「嘿，詹森！妳知道我是用跑的過來的嗎？從我爸在停車場放我下車的地方跑過來？因為我知道妳很討厭我遲到。」他動作誇張地抹掉上唇的幾滴汗，「我只是想說我真的很體貼啊。」

詹森嘆了口氣。「瑞奇，麻煩你小聲點。」

瑞奇咧嘴笑的時候，眼角浮現細紋，圓潤的雙頰露出小酒窩。我看得出來他是那種人緣很好的人，因為我馬上就很喜歡他。

他轉過身來看我。「所以，妳好啊，妳是誰？妳又有什麼故事？妳為什麼會在這間淒涼的小圖書館？」

「我叫莉莉，」我說，然後我的腦中一片空白。他盯著我，等我繼續說下去。我希望自己的隱形能力現在就可以啟動。

詹森救了我。「莉莉才剛搬來跟她外婆住，就住在對街的那棟房子。」

詹森用手比著瑞奇，補充說：「莉莉，這是瑞奇，我的一位暑期家教學生。我們每週二和週四上課。」她轉身面向瑞奇，對他說：「還有這間圖書館才不淒涼，只是有點破舊。」

「她要和我一起上家教嗎？」瑞奇問詹森，彷彿我不在那裡。有時候我跟媽媽和小珊相處時也會產生這種感覺——好像我很礙事，或是我不小心加入了一場我不屬於其中的對話。或者，應該說我就直接闖進去了。

我的腳趾頭戳著地板。「沒有，我只是在找書。」

他睜大眼睛，然後看了看書架上的漫畫。「妳也喜歡漫畫嗎？我愛死了。我現在正在讀原版的《超人》。嗯，至少是喬這裡有的那幾期。我知道很多人覺得超人不酷，我也不是在說他是我最愛的超級英雄，但他就是很經典，妳懂吧？」

「對，他很……」我停頓下來。我想讓對話持續下去，於是在腦中努力搜索任何有關超人的資訊。我腦袋一片空白。

幸好，詹森插話了。「莉莉喜歡老虎，所以在找跟老虎有關的書，」詹森告訴他。這有點尷尬。我想糾正她：我並不是喜歡老虎。但我聳聳肩，硬擠出笑容。

瑞奇又咧嘴一笑。「哇，我以前從來沒有遇過喜歡老虎的女生耶。」

「嗯……對啊。」如果我更像小珊的話，可能會告訴他不是只有男生才能喜歡老虎。但我什麼也沒說。我只希望我們能回到漫畫的話題。

「我的意思是，沒幾個女生會跟我說話，我想，」他繼續說，絲毫沒有察覺到氣氛有點尷尬。「但老虎很酷。牠們很優雅，不過，是一種冷酷的優雅。」

我沒什麼意願去想像老虎有多冷酷。「你不能相信老虎，」我說。

他緩緩點頭。「你不能相信老虎，」他重複我的話，好像我講了一件很有意思的事，他想要牢牢記住。「我喜歡這個說法。我曾祖父曾是專門狩獵老虎的獵人。但獵捕老虎其實很不好，因為老虎瀕臨絕種，現在狩獵老虎也不合法了，所以我爸不想要我跟別人講這件事。」他停頓了一下，「我是說……」

「好了，已經拖得夠久了，」詹森說。「該上課了，瑞奇。」

她把他拖走，留下我一個人站在走道上，思緒亂成一團。

也許老虎是我想像出來的，但我不這麼認為。那隻老虎剛剛就在這裡。我知道牠曾在這裡。

假如瑞奇沒有中途出現，會發生什麼事？假如我抓到老虎，會發生什麼事？一隻優雅但冷酷的虎靈正在追捕我的家人，而我追捕著牠。

我不知道自己這麼做是極為勇敢，還是極其危險。也或許兩者都有一點。

12

隔天下午，媽又去參加另一場面試，而海莫尼整個午餐時間都在打盹——這很不尋常，因為海莫尼雖然很愛睡覺，但更愛吃東西。

小珊在樓上用她的電腦。我無事可做，只能一直吃花生醬夾心巧克力，然後來回踱步，想著那隻老虎。

現在我知道的有幾件事：

1. 那隻老虎找到海莫尼了。或起碼老虎已經找到我，這表示牠很快就會找到海莫尼。
2. 老虎很有毅力。牠想要故事，為了奪回故事會不擇手段。告祀應該要讓老虎遠離我，但我在圖書館裡看到牠了，所以告祀顯然沒用。
3. 我們需要更多保護，就算談到老虎會讓海莫尼不高興，我也得告訴她。

我不想再繼續踱步，於是溜進了海莫尼的臥室。窗外的光線照進房間裡，而灰塵在空中飄舞、閃閃發光。迷濛的光線也讓整個房間顯得朦朧。我感覺自己好像踏入了另一個世界，一個時光靜止的迷你宇宙。

我拉開被子，輕輕搖醒外婆。「海莫尼，」我低聲說。「海莫尼，醒醒。」

她咕噥著，在床上翻了個身，所以我又搖搖她，搖得更大力一點。也許有點太大力了。

她睜開眼睛。「莉莉小甜心？」她喃喃說道。「妳餓了？」

「不算是，」我說。老實說，吃了那些花生醬夾心巧克力後我已經很飽了。

她動作緩慢地下床，很專注，就像她在從流沙中爬出來一樣。她坐在床邊伸懶腰，我幾乎可以看到睡意從她身上滑落。

她看起來很虛弱。

「海莫尼，」我突然開口，暫時不提關於老虎的問題，「妳的病好了嗎？確定沒事了嗎？」

「我當然很好。我的家人都在這裡，這就是我最想要的了。」她微笑，但聲音顫抖著。「妳別再擔心了。」

「講到擔心……」我拉著自己的一根辮子。「我覺得我們需要更多保護，不能只有告祀而已。我又看到老虎了。」

有那麼一瞬間，恐懼在海莫尼的眼中浮現。但她閉上眼，搖搖頭。她再次睜開眼睛時，眼神溫柔，面帶微笑。

她打開床頭櫃的抽屜，拿出一束乾燥的藥草。接著，她折下一段，將它放在我的手掌心。「這個給妳，這會保妳平安，好嗎？妳就不用再擔心。」

我盯著那乾枯的植物，抬頭看她。「這是什麼？」

「這是艾草，」她解釋說。「這是我吃的藥，但妳別吃。妳把它放在口袋裡，它可以給妳保護。」

我謝謝她，把乾燥的藥草放進口袋。

「而這個……」她猶豫了一下才把手伸到後頸，解開她的項鍊。那是一條配著銀鍊的珍珠掛墜——是她那條特別的項鍊，她每天都戴著。每當她努力想找到正確的英文字時，她會用手指摩挲著項鍊。「這也會有幫助。妳帶著當作護身符，它會保妳平安。」

她把項鍊繞在我脖子上扣好時，我能感受到四肢的脈搏狂跳不止。它戴起來比看起來還重。「但這是妳的，」我說。

「對，但現在它是妳的了。」

我把手掌緊貼在掛墜上。它比我想的還要溫暖，我的胸口暖和了起來。我喜歡這種在心臟上方沉甸甸的感覺。「這真的有保妳平安嗎？」

「我在這裡，不是嗎？」

我用手指捏著那顆珍珠，它似乎充滿了能量。「那妳怎麼辦？妳不是還需要保護嗎？那些老虎正在追妳啊。」

她微笑，但那不是海莫尼平常的那種微笑。她的眼神裡沒有笑意。「我會平安的，莉莉。我不擔心。」

我不太相信。她從我眼中看出了我的想法，然後她說：「好，我們現在去買東西。我們要得到更多的保護，要買其他能夠對抗惡靈的東西。我們買松子來燒，在滿月下撒米。我也需要做年糕的新鮮食材。」

我笑了，感覺好了許多。

她傾身靠向我。「我也會買妳最愛的點心，因為我是最棒的。」她停頓了一下。「嗯，妳媽媽才是最棒的。但……我是超級棒。」

我笑出聲。「妳的確是。」

她挑了挑眉。「現在去跟小珊說。」

我叫小珊下樓，告訴她我們要去哪裡以後，她靠著餐桌，雙臂在胸前交叉。「這不是個好主意。媽不是說妳不應該開車的嗎？」

海莫尼的眼神立刻移開。我很想捏我姊姊一把。小珊是吞食幸福快樂的黑洞。

「車可以給妳開，如果妳想的話，」我對小珊說。

她退縮了一下。「我不知道……」她可以開。她有學習駕照，而海莫尼有正式駕照。媽一直在唸小珊，叫她要練習開車。

但她當然不會練習。小珊跟駕訓教練上了兩堂課後就拒絕再坐上駕駛座了。並不是她發生了什麼事，而是因為爸的車禍，她不想開車。

海莫尼的手掌緊貼在小珊的臉頰上。「生命不是拿來等待的。我們現在就出發。我們會沒事的。」

小珊拉了拉自己那撮白髮。「但媽說……」

海莫尼發出嘖嘖聲，「妳媽媽不知道她自己在說什麼。我會沒事的。」

小珊一臉不確定的樣子。這太可笑了，因為她從來不在乎媽說的話。

「妳可以留在這裡，」我跟她說。

她眼中閃過受傷的神情，接著是惱怒。「不，我也一起去，」她說。

海莫尼拍了拍手。「好女孩！我去換上我的好衣服。」

小珊皺眉，「為什麼？」

「去買東西啊，」海莫尼一說完，身影就消失在臥室。

小珊搖了搖頭，但嘴角微微上揚。我也覺得很開心。海莫尼就是海莫尼，古怪就是她的正常表現。我不必擔心。我一手輕拍口袋裡的艾草，另一手緊握著掛墜。一切都會沒事的。我就是知道。

我們帶著一張簡短的清單到了超市。

吃的：

・糯米粉，用來做年糕
・芥末豆，給媽
・快樂牌堅果餅乾，給小珊
・花生醬夾心巧克力，給莉莉

加強保護要用的：

・五穀米，要撒在林中
・松子，要在滿月下燒掉

其他：

・洗衣精

小珊看到清單上保護要用的東西時挑了挑眉，但她什麼也沒說。

「我們要在半小時內離開這裡，因為快下雨了，」海莫尼說。

小珊皺眉，「今天不會下雨，天氣預報的 app 說降雨機率是零。」

海莫尼只是輕拍了小珊的頭，「半小時。」

「沒關係，」我說。「我們不會那麼久。」

我正要去放穀物類的走道時，有個頂著亮紅捲髮的女人直朝我們走來。

「妳們一定就是她的孫女了！」她尖聲叫道。我有點擔心她會捏我們的臉頰，但她克制住自己。

海莫尼眉開眼笑。「她們是我的寶貝。」

「妳們的外婆最厲害了！」那個女人用很浮誇的語氣對我和小珊說。「她用她的藥草治好我的氣喘。」

小珊往後退了一小步。「那太好了。」

那個女人留下來和海莫尼聊了一陣子，等她終於踩著輕快步伐離去時，有個禿頭的男人告訴我們海莫尼讓他能開懷大笑，甚至在他離婚後也是如此。然後還有一個年紀更大的女人跟我們說她會和海莫尼打牌。

要接收的資訊多到令人招架不住，尤其我還正在尋找著保護要用的東西。海莫尼將我和小珊介紹給她看到的每個人，他們全都對我們說我們有多漂亮、多討人喜歡。我努力要記住每一個人，但他們的名字從我腦海溜過，臉孔全部模糊成一團。

海莫尼在這裡超受歡迎。每個人都認識她，每個人都愛她。而我完全不知道這些人是誰。

過了大概二十分鐘，小珊把我拉進麥片的走道躲起來。

「海莫尼騙我們，」她說，「這才不是什麼迅速採買一下，根本就是一場正式社交活動。」

「她認識所有人，」我說。

「對啊，我想這解釋了她為什麼要穿得那麼好看，」小珊咧嘴一笑。

「海莫尼有好多朋友，」我邊說邊核對購物清單。我想，再等海莫尼一下也不要緊。

小珊撲通坐到地上。「有那麼多人我們都不認識，他們全都有關於她的故事。就好像她有自己的祕密生活一樣。」

我跟著小珊坐到瓷磚地板上，向後靠著超市自有品牌的糖霜玉米片。我什麼話也沒說，但她知道我同意她說的話。我們姊妹之間的心靈感應還沒有完全消失。

我摳著牛仔褲的縫線。「說到故事……」我等著小珊翻白眼，但她沒有，所以我繼續說：「海莫尼跟我說了一個我從沒聽過的故事，很詭異，是和老虎有關的。」

小珊挑眉，沉默地示意我繼續說。

我深吸一口氣。「妳也知道海莫尼總是說星星是故事做成的？嗯，那顯然是真的。老虎以前看守著它們。但海莫尼偷了一些星星，藏在玻璃罐之類的東西裡面。現在老虎氣壞了。」

小珊皺眉，「這個故事也太詭異了，莉莉。海莫尼瘋了。」

「她沒有瘋，別這麼說。但總之，她說……」

「她什麼時候告訴妳這些事的？」

「我們到這裡的第一天晚上，但……」

她的視線落在我脖子上的掛墜。「她又是什麼時候給妳那個的？」

我下意識迅速把手放到胸前遮住掛墜，彷彿那是需要被藏起的東西。「就在剛剛，我們出門之前。她當時在說各種不同的保護方法。」

小珊不知為何把她的鞋帶解開，再重新綁一次。「我不懂她為什麼從來都不跟我說這些事情。」

我不知道小珊想要海莫尼告訴她這些事情。

有那麼一瞬間，我考慮要告訴小珊所有事情，包括我看到了應該不可能出現的虎靈，和即使我知道很危險，我還是追著那隻老虎的事——我到現在還是無法清楚解釋自己為什麼那麼做。

但接著我聽到熟悉的聲音從隔壁走道傳來。「也許我們可以做瑪芬或杯子蛋糕之類的？我們可以用媽的食譜。或是做她以前常做的肉桂麵包捲？」

是瑞奇。

我起身，耳朵貼著架上的麥片盒。小珊看著我的眼神像是在說妳是怎麼了？

我沒辦法回答她。我知道偷聽不對，但不知道為什麼，我就是停不下來。

也許是因為瑞奇讓人想接近。或許只是因為我很多管閒事。也或許是因為我看到那隻老虎時，瑞奇也在場。

我沿著走道躡手躡腳走到盡頭。那裡有個標示著買二送一的展示架，擺著大概一百盒幸運符牌的彩虹棉花糖麥片。我用它來擋住自己，不讓人發現我在偷看。我從架子邊緣偷偷看出去。

隱形，我告訴自己，用盡全力召喚我的超能力。

瑞奇沿著走道走過來，身旁是一個我猜是他爸的男人，因為他看起來就像大人版的瑞奇——同樣頂著一頭凌亂的棕髮，同樣擁有又大又藍的眼睛。我很好奇瑞奇的曾祖父是不是也長得像這樣。那位老虎獵人。

小珊一臉困惑地皺眉，跟著我到走道盡頭。「莉莉？」她問，但我對她發出噓聲。她跟著我一起偷看。

「那是誰？」她低聲說。

我搖搖頭，想讓她保持安靜，但她輕輕戳了一下我的肋骨。小珊沒辦法讓自己隱形。

「我在圖書館遇到他，」我盡可能壓低聲音說。

小珊嗯哼了一聲，表示她知道了什麼我不知道的事，這很討人厭，但我不理她，我正忙著偷聽。

「康納超愛那個食譜的，」瑞奇說。他抬頭看著他爸爸，眼神中帶著渴望，但對方卻沒有專心聽他說話。「我有沒有跟你說過，有次我做好後，他吃了整整四人份？不對，不是四人份，其實應該是六人份。然後，他非常不舒服，吐得到處都是，還……」

「瑞奇，安靜點。」瑞奇的爸爸揉著自己的太陽穴。

我全身一僵，有一種大事不妙的感覺。氣氛有點緊張，但這是別人家的事，我應該管好自己的事就好。

「也許我們不應該……」小珊低聲說道，但我繼續偷看。

瑞奇的爸爸推著購物車，掃視放著罐頭食品的架子。瑞奇小跑步跟在後頭。

「爸，但是我確定我跟你講過這件事了，你記得嗎？就是之前我和他在玩室內雷射槍戰的時候……」

「瑞奇，」他爸爸厲聲說，聲音大到我和小珊同時從麥片架往後退。

瑞奇抬頭看他，一臉真誠、充滿希望，好像看不出他爸對他很不高興。「然後我射中他的胸口。因為只是用雷射槍，所以他其實不會真的感覺到痛，然後……」

「你可不可以閉嘴？」

他的話在我體內迴盪。我胸口一緊，感覺到那幾個字有多可怕。

小珊扯了扯我的袖子。「走吧，」她低聲說。

我看向她身後，看到海莫尼站在走道盡頭，購物籃裝滿東西，揮手叫我們過去。她指了指手錶，然後比了走路和下雨的手勢。超市現在已經快沒人了，她很擔心天氣狀況。

卡恰❺，海莫尼用嘴型示意，走吧。

但我現在還不能走。留下來感覺不對，但離開的感覺更糟。我挪得更靠近，整個人緊貼在幸運符牌的展示架上。

我看到瑞奇停下腳步，笑容僵住，睜大的眼睛透露出受傷的神情。他的笑容慢慢消失，他低頭盯著自己的鞋子看。

我向前傾。我不了解這個小孩，但懂他那種感受。我想要給他支持，和他說我看到你了。

我想要……

不過我沒有時間思考了，因為我突然往前一跌。

厚紙板製的展示架整個倒下去，我也朝架子一倒，就在瑞奇和他爸以及店內所有人的面前摔到地上，身邊全是一盒盒麥片。

「噢，天哪，」小珊說。她從我身邊退開，彷彿這種難為情會傳染。

海莫尼從走道那一頭匆忙趕過來，但她的動作並不是非常迅速，而我就一直趴在地上。

❺卡恰為韓文「走吧」（가자）的音譯。

我抬頭看向瑞奇和他爸，他們兩人低著頭，吃驚地盯著我。

瑞奇眨了眨眼，「我認識妳。」

「呃，」我說。我努力想要聳聳肩，表現出一副*喔，嗨，居然在這裡和你巧遇！*的樣子，但我的樣子大概更像是在說*我剛在偷聽你們的對話，聽到你爸叫你閉嘴，而現在我躺在這堆麥片盒上面。*

「妳沒事吧？」瑞奇的爸爸問，他一臉驚訝和擔憂。

我點點頭。「嗯，完全沒事。我剛只是……在想要不要買麥片。但……我想……我沒有……要買？」

瑞奇的笑容又回來了，微笑緩緩在他臉上綻放。雖然那是*她到底在做什麼？*的笑容，但至少他笑了。

小珊哼了一聲。真無禮。

我站起來，清了清喉嚨。「再見！」

我現在完全準備好要逃跑了，但海莫尼終於到這一頭了，她阻止我離開。

海莫尼的手撫著我的頭髮——大概已經亂成一團了——她對瑞奇和他爸露出微笑。「男孩們，你們好啊！」

瑞奇的爸清了清喉嚨，「妳好，愛慈。」

海莫尼對瑞奇的爸爸微笑著，手指向那堆麥片。「請你幫我收拾一下，可以嗎？」

他身子往前一傾，將那個厚紙板製的展示架立起。架子馬上又倒了下去。我想我整個人壓在它上面，大概已經毀了它……當一個架子的能力。

「抱歉，」我咕噥說。

「沒事，」海莫尼說。「我們來把它疊好。」

於是，海莫尼、小珊、瑞奇、瑞奇他爸爸和我一同把一盒盒麥片堆疊起來。這情況真的讓我很不自在。我想消失，他們不知道我剛才在偷聽——但事實很明顯，對吧？

我們疊好後，海莫尼把手放在瑞奇爸爸的肩上。「謝謝你，」她說。「在我們有需要的時候，可以幫助彼此永遠是件好事。」

她轉向瑞奇，「你看，我碰到困難，你爸幫了我。有時候，父母和祖父母也需要有人幫忙。」

我和小珊互看了一眼。現在可不是讓海莫尼談人生大道理的時候。

海莫尼又轉身面對瑞奇的爸爸，開口說：「所以當瑞奇碰到困難時，你要幫他。我們永遠都要記得幫助彼此。你們都是好男孩，只是現在遇到了困難。我曉得。但在這種時候，要同心協力，不是漸行漸遠。好嗎？」

海莫尼整個人散發著一股強大的力量與善良的光芒。她好像由內而外亮了起來，像是體內有星星正在燃燒。

於是我意識到：她知道。她一定曉得。我不確定她是怎麼無意中聽到他們的對話，但她就是聽到了。

瑞奇和他爸爸都點了點頭，他爸看起來有點不好意思。我想他知道自己錯了。瑞奇看向我，我聳了聳肩，彷彿我完全不知道海莫尼在做什麼。

但其實我完全懂。我想告訴瑞奇，我看到你了。海莫尼在和瑞奇的爸爸講話，而她在告訴他，我看到你了，我也看到你可以成為什麼樣的人。

雖然海莫尼剛才那股強大力量和我們的老虎防護計畫沒有半點關係，但我不禁認為自己應該要見證這一切。這是屬於她故事的一部分。

13

小珊一直等到我們上車，在開回家的路上才爆笑出聲。「我不敢相信妳居然摔成那樣。真是太強了！」

「謝了，」我學她用挖苦的語氣說。

她又笑了好一會兒，我搖搖頭。其實現在事情已經過去，看起來好像也沒那麼糟糕了。

「還有海莫尼，」小珊轉向海莫尼繼續說。海莫尼弓著背，瞇眼看著前方的路。她說對了，確實開始下雨了。我們因為我的麥片事件而耽擱，這才碰上了這場雨。我覺得有點抱歉，因為我知道海莫尼不想在雨中開車。但沒關係，我們離家並不遠。

「我不敢相信妳竟然叫那些人幫忙收拾，還那樣對他們說教！」小珊說。

海莫尼點點頭。「遇到問題的時候，就要解決。」

我聽不出這個問題是指我撞倒麥片，還是瑞奇爸爸說的話。或許兩者皆是。

小珊聳聳肩。「對，但老實說，那男人是個混蛋。妳根本沒必要對他那麼好。」

海莫尼瞥了小珊一眼，然後看了我一下，她的眼神很嚴肅。「我很小的時候，在我媽媽離開之前，她告訴我一件很重要的事。她說，愛慈，妳要記住：每個人的內心都有好的一面和壞的一面。但是有時候，人會太專注在生命中悲傷、可怕的故事，而忘記好的部分。如果是這樣，別跟這些人說他們很壞，這麼做只會讓事情更糟。妳要讓他們想起好的一面。」

我在腦中反覆思考她說的話。「悲傷的故事就是因為這樣才很危險嗎，海莫尼？因為會讓人變壞？」

她正要回答，但一陣咳嗽打斷了她要說的話，她渾身顫抖。

也許只是因為打在擋風玻璃上的雨滴的陰影，還有傍晚漸暗的光線──但我注意到海莫尼的臉色很蒼白，她的皮膚布滿暗斑。

她又一陣顫抖。小珊看著海莫尼，又看向道路，又看向海莫尼，又看向道路。

「海莫尼？」小珊問。她把手放到海莫尼肩上。正當小珊要開口說話時，車子也一陣晃動。小珊緊抓住扶手。「怎麼了？海莫尼？妳還好嗎？」

海莫尼沒回答。她直直盯著前方，微微搖了搖頭。

我沿著她的視線看過去，然後看到了老虎。

牠就站在我們正前方，目光鎖定在海莫尼身上。而最詭異的是，老虎周圍似乎沒在下雨。老虎沒有被淋溼，牠身邊彷彿有一圈防護罩，雨滴不會落在牠身上。

我轉向海莫尼，看得出來她也看到老虎了。

「還沒，」她喃喃自語，眼睛直盯著前方。「還沒準備好。」

我心臟狂跳。我把手伸進口袋摸著艾草。

海莫尼突然轉彎。車輪在雨中打滑，安全帶陷進我的肩膀。車子往路旁衝去，小珊放聲尖叫，我想我也跟著叫了起來。車子完全停下來後，我們都喘得上氣不接下氣，我甚至無法看清眼前的東西。

「海莫尼？」小珊又問了一次，但海莫尼開始咳嗽，停不下來。從後照鏡，我看到海莫尼整張臉皺了起來，像酸掉的李子核。

接著海莫尼開始一連串的動作，我們都阻止不了她。她打開車門，蹣跚地走到路旁，緊抱肚子，彎著腰跪了下去，身體隨著她的咳嗽不停搖晃。

我和小珊衝出車外。我猛然轉身想找那隻老虎，但牠消失了。

海莫尼往草叢裡嘔吐。我把雙臂緊緊環在胸前。

這不只是個小病。

我身體無法動彈，就只是站在路旁淋雨，看著海莫尼。遇到問題的時候，我們就該想辦法解決——但如果我們無能為力怎麼辦？

小珊轉頭看我，她的臉孔如月色般慘白，她瞪大了雙眼。「怎麼辦？」她問——這完全不合理，她應該要知道該怎麼辦才對啊！身為姊姊，她不應該被嚇壞。妹妹才是那個會被嚇壞的人，然後姊姊就應該安慰說，沒事的，我會代替妳當月亮。

「我說真的，我們該怎麼辦？」她重複，彷彿更大聲說出來，就能要求這個世界給出一個答案。

海莫尼費力地喘氣，聲音粗重。我努力想忽視她的聲音。

「我們應該打一一九？」我說，我的語氣像是在發問。

小珊搖搖頭，「沒有人會因為嘔吐就打一一九，」不過她的語氣聽起來不太有把握。她握著手機，盯著它看，好像想要手機幫她做決定。

「做點什麼啊，」我低聲說。小珊回望著我，睜大眼睛，她的手在發抖。

「媽，」海莫尼喘著氣說，「打給妳們媽媽。」

小珊打了電話。十分鐘後，媽車子的輪胎在我們身後的馬路發出尖銳刺耳的聲音。她把車停在海莫尼的車子後方——我們得救了。不用再手足無措，想著要怎麼拯救海莫尼。

媽還穿著面試的衣服，仍處於工作模式。她跑向海莫尼要扶她起身，同時對著我們大喊：「發生了什麼事？妳們在這裡做什麼？她不應該開車的！妳們為什麼不早點打給我？小珊，我跟妳說過出問題的時候要打給我啊！」

不過她其實沒有真的在對我們講話，因為她忙著照顧海莫尼。她用衛生紙輕拭海莫尼的嘴唇，揉揉她的背。

以前我和小珊生病時，她也是這麼做。

只不過我們是小孩，海莫尼是她的媽媽。一切都顛倒過來了。

媽從手提包中拿出一顆藥，想要塞到海莫尼的嘴裡。海莫尼轉頭抗拒，但媽堅持讓她吃下去。

我不明所以，轉向小珊想尋求答案，但小珊沒看我。她正專注地盯著海莫尼看，一邊咬著大拇指指甲。她很用力地咬，我怕她的拇指可能會流血。

「我得帶海莫尼去醫院，」媽說，「小珊，妳可以載莉莉回去嗎？」

小珊愣住。她什麼話也說不出來。

媽咒罵了一聲。「好，好，我會先載妳們回家。我們離家還算近。妳們兩個都給我上車。我們現在就走。」

我和小珊什麼都沒問，直接就坐進媽車子的後座。媽將海莫尼扶進副駕駛座。

「海莫尼沒事吧？」我問。

媽沒有回答。我望向車窗外。在我們上方，最早出現的幾顆星星從傍晚的天空探出頭來。我在內心無聲地向它們提問：我該怎麼辦？

我們急駛而過時，那些星星似乎在舞動。即使那些星星離我有好幾光年遠的距離，但我幾乎可以聽到它們正在吟唱自己的故事。

我該怎麼辦？我又問一遍。

星星對我眨眨眼。去解決問題。

14

我在半夜醒來，小珊還在睡。她為了等媽媽和海莫尼回來比我還晚睡。我不知道她們回家了沒。

我受不了自己什麼也不知道。我受不了那種無助的感覺。我必須解決這個問題，但我卻不曉得該怎麼做。

我悄悄走下樓。媽媽在沙發上沉睡著，我打開海莫尼臥室的門。臥室內，海莫尼緊緊裹著絲綢被子。我鬆了口氣，頓時感到頭暈目眩。海莫尼沒事。我把手抵在牆上，才不會因為暈眩而摔倒。我想要走到她身邊，但她在路旁的模樣仍烙印在我腦海裡。我依然感到心有餘悸。

現在知道她人沒事就好了。我將門關上。

我關門時，整棟房子嘎吱作響，打破了夜晚的寧靜。陰影在我周圍舞動。

在我身後，一個聲音說：「妳好，莉莉。」那是個粗啞的女聲。刺耳的聲音刮著我的耳朵，就像爪子刮在米紙上。「我已經尋找妳的家族很久很久了。」

我迅速轉身，想找出聲音的來源。

但房間裡除了還在睡覺的媽媽以外，沒有其他人。

膽小的我一陣恐慌，心臟緊靠著肋骨劇烈跳動，像是想要從胸腔跳出來。

「喔，拜託。我才沒那麼可怕。」那股聲音似乎來自四面八方——甚至像來自我體內。聲音在我胸腔迴盪著。

廚房裡的陰影逐漸成形，不斷改變形狀、拉長延展。接著，所有陰影開始凝聚，構成一個形體。這個巨大的陰影向前邁步，在星光下變成一隻老虎——身形跟車子一樣大，塞滿整條走廊。

「妳會說話，」我低聲說。然後，我無意地加了一句：「而且妳是女的。」

我緊緊把嘴閉上，因為說出這種話太可笑了。

她語帶嘲諷地說：「不意外。妳聽過關於一隻公老虎的故事，就以為我們全都一樣？人類真的很糟糕。」

她又朝我踏出一步，我逼著自己向後退。我的肩胛骨用力壓在海莫尼臥室的門上。

也許我正被困在一個清晰的夢境中——但我不這麼認為。我感覺得到空氣中的寒意、手臂冒出的雞皮疙瘩、腳下彎曲變形的木板，還有肩膀用力向後靠時傳來的疼痛。

夢境不會有像這樣的細節。難道惡夢會有嗎？

我看了一眼躺在沙發上的媽媽，但她只發出一陣鼾聲。

「別擔心，」老虎說，「妳媽不會打擾我們。」

我整個身體緊繃起來，但老虎翻了一個白眼。「她睡得很沉。」

我頭腦內一個不算小的部分在尖叫著，妳正在和一隻老虎說話！有隻老虎正在和妳說話。這絕對是不可能的事。

我覺得頭有點暈。「走開，」我對她說。

老虎向我邁出一步，尾巴來回嗖嗖揮動。她歪著頭，輕輕抖了一下耳朵。「怎麼對我這麼有敵意呢，小艾吉？跟妳說一下，我又不會吃妳。我現在只吃泡菜。」

我盯著她。這就是海莫尼警告過我的怪物。

她發出低鳴，有點像在打呼嚕，又有點像在咆哮。「妳的海莫尼偷了星星，我是來取回它們的。就這樣而已。妳會幫我嗎，小不點？」

我口乾舌燥，幾乎無法說出半個字，但我勉強開口。「不會。」

她嘆口氣。「你們人類太不了解這個世界了，妳的海莫尼不知道自己做了什麼好事。她不明白是什麼在傷害她自己。我只是想幫助她。相信我。」

我搖搖頭，因為海莫尼跟我說過不要相信老虎。而且，這隻老虎明明就在傷害她。老虎出現在路上時海莫尼就吐了。老虎嚇到她了。

但大貓繼續說：「故事的力量很強大，強大到足以改變一個人。當故事被藏起來時，它的魔力只會增強。但有時候，故事放久了也會酸腐，它的魔力就會變成某種毒藥。妳明白嗎？」

我不肯回答。我不會讓她在我內心編織謊言。

「莉莉小甜心，只要把那些故事還給我，妳的海莫尼就會感覺好一點了。如果那些故事一直被藏著，它們就會讓她生病。它們會……」她亮出牙齒，「吞噬她。」

「妳在說謊，」我說，但我的聲音變得粗啞。

「我們來做一場交易。妳幫我找到那些故事，我會讓它們回到天上該有的位置，妳也永遠不必再想到它們。只要我拿回我的星星，我們就是在幫助妳的海莫尼。妳甚至不用知道那些故事，這樣我們雙贏，」老虎將重心從一隻腳掌移到另一隻，她的毛皮在星光下閃耀，「妳不想當英雄嗎？」

這部分最可怕了：我內心深處冒出的答案是我想。我從來就不是英雄——不像海莫尼——而有一部分的我想成為英雄。

我咬著嘴唇，深怕一不小心會說出真心話。

「妳要知道，」她的聲音低沉到我全身跟著振動，「這是妳唯一能幫助海莫尼的機會了。我之後可不會再提出這樣的交易。」

海莫尼跟我說過要小心。而且，光想到要和老虎做交易就已經嚇得我六神無主了，不過海莫尼還有好多事沒跟我說，她還藏著好多事──好多我想知道的事。

假如老虎說對了呢？假如就是那些被偷走的星星讓海莫尼生病的呢？

我僵在原地，深陷在自己的思緒中。這是我的問題。這就是為什麼小珊會叫我QAG。我太害怕說出錯誤的答案了，所以根本什麼都不說。

老虎等待了幾個片刻。然後，她搖搖頭。她已經逐漸消失在陰影當中。「我原本希望妳會不一樣。」

我想到海莫尼今晚的樣子，想到自己有多無助，想到我有多需要去解決這一切。

「等等！」我大喊，「我願意！」

但太遲了。她身上的條紋融入黑暗之中，接著她消失了。

15

在遇到老虎之後，我當然就睡不著了。我坐在床上咬著指甲，看著窗外，直到太陽升起，直到我聽見樓下傳來奇怪的聲音──像是隔著牆壁，有人在小聲說話。

那聲音持續著，我豎起耳朵往前傾。這棟房子充斥著各種聲響。我躡手躡腳走下樓。有可能是那隻老虎，如果是的話，我就必須接受她的提議。就算我還是沒有把握，就算我還是很害怕。

但沒有老虎的影子。

我走到樓梯底端，只看到媽媽和海莫尼坐在海莫尼的臥室裡，門只開了一點小縫。她們的交談聲很輕，只聽得見嘶嘶的氣音。

媽媽說：「我還沒收到錄取通知。我還在找，很快就會有工作了。我覺得很有希望。」

「妳有工作是件好事，」海莫尼說，「對妳來說很好。」

「妳是說對我們來說很好，」媽說。

「對妳和女孩們來說很好。」

「別這樣，」媽說，她的嗓音變得嘶啞，我幾乎聽不到她說的話。「我們還有時間，我可以爭取更多時間。」

「不，不。妳別擔心那個，」海莫尼說，聲音帶著她跟媽講話時慣有的責備語氣。但她的聲音還帶了別種情緒，某種溫柔的情緒。「也別露出那種擔心的表情。妳會長皺紋。」

「媽……」

「妳有擦防曬嗎？擦防曬乳比較不會長皺紋。」

「媽……」

「帽子呢？戴帽子也有幫助。」

「媽！我不需要帽子，我需要妳，」媽的聲音變了調。她再次開口時，聲音很輕。「拜託妳就試試做其他治療吧，別放棄啊。」

治療。醫院。爭取更多時間。

我好像漸漸理解了什麼，卻不太能用言語表達出來。

海莫尼語氣裡的溫柔消失了。「妳以為我就這樣放棄了？不！我不想走，我不想離開妳們。我還沒準備好。但這不是我能決定的。我唯一能決定的就是自己此時此刻的狀態，所以妳別把這個奪走。」

我從沒聽過海莫尼這麼憤怒。平時的她堅定、剛強又慈祥，但現在的她卻不是這樣。她有可怕的一面，好像她體內就藏著一頭老虎，使勁想掙脫而出。

我聽到另一個奇怪的聲音，那聲音與周遭格格不入，所以起初我沒聽出來是什麼。直到我意識到：那是媽在哭。

但媽媽從來不哭。

「小瓊，」海莫尼輕聲說。「妳要堅強，為了女孩們要堅強起來。」

我的腹部一陣絞痛。我不該聽到這些話。我不想聽到這些話。

「我做不到，」媽低聲說，「別又再一次。我沒辦法在安迪走後又經歷一次。我沒辦法再堅強起來。」

「我知道妳可以，」海莫尼說，「因為妳是我女兒。」

我往後退了幾步，走上樓梯，退進陰影裡。媽媽哭了，這表示海莫尼的病一定非常嚴重。

我現在希望樓下還真有一隻老虎。因為事實就是，眼前的情況比老虎還要可怕。

當媽媽終於走出臥室時，我下意識就召喚我的隱形能力。但我馬上改變主意。

我不想自己一個人。

我移動身體重心，腳下的樓梯跟著嘎吱作響。媽抬頭一看。

「噢，」她看到我的時候說，「噢。」

我非常小聲地問：「海莫尼還好嗎？妳還好嗎？」

媽的眼睛還是很紅。「妳聽到我們說的話了嗎？」

我沒回答。她張開雙臂，我便跑下樓。她緊緊抱住我，我感覺到她呼吸時連肺也在顫抖。「她會沒事的。別擔心。一切都會沒事的。」然後她挺直身體，打起精神。「妳想喝點茶嗎？吃點早餐？妳想要什麼我都幫妳弄。」

「我想知道發生了什麼事，」我努力想用堅定的語氣說，但聲音卻非常微弱。

媽推了推眼鏡。「海莫尼生病了，莉莉。但我們還是要抱著希望，好嗎？我正在找新工作，這樣就會有錢去做特殊治療了。就算我們不做那些治療，我們也會……我們也可以讓她舒舒服服的。」

「是什麼病？」我問，即使我已經知道一定是那種很嚴重的病。

媽露出痛苦的神色，她把我拉到沙發旁。我重重地在她身邊坐下，身體陷進坐墊裡。

難得一次外面沒在下雨。陽光雀躍地從窗戶灑落，像是天氣在嘲笑我。

媽說：「海莫尼得了腦癌。」

我的體內像在瞬間凍僵。除了一股寒意伴隨著奇怪的刺痛感之外，我什麼也感覺不到。

「莉莉，妳聽到我說的話了嗎？」

我靜止不動，彷彿這樣就可以躲避痛苦。彷彿真相是隻老虎，如果我不動，牠可能就不會發現我。

「寶貝？」

只不過我想我沒辦法躲太久，因為那股奇怪的刺痛感變得銳利，像是碎掉的玻璃。我點了點頭。頭好痛。我試著要將那個詞說出聲來——腦癌——卻辦不到。

媽繼續說：「妳可能已經看到這個病帶來的症狀了，作嘔、多疑和所有的……嗯，有時候，患有這種疾病的人可能會出現，嗯，幻覺。」

「幻覺？」

「一下子很難接受，我理解。我要妳知道，妳需要我的時候，我都會在。」

「什麼樣的幻覺？」

「喔，莉莉，」她的眼神變得柔和，她牢牢握住我的手。「不是什麼太可怕的幻覺，只是一些小事，就是她會把夢境和現實混淆在一起。像她以為地下室淹水了……

就像那樣。」

這就解釋了為什麼地下室是乾的。但其他事情——我也看到老虎了。我知道那是真的。

「如果有辦法可以幫她呢？」我問。

「喔，莉莉，讓我來處理這件事。妳別擔心。妳就多花時間好好和海莫尼相處，陪著她就好。這就是我們搬來這裡的原因，妳們兩個女孩才可以和海莫尼一起開開心心的。」

媽用力握著我的手。「妳昨晚睡著的時候，我跟小珊談過這件事了。妳可以和她聊聊，如果妳覺得這樣會有幫助的話。這不會是我們唯一一次談論這件事情，我們會常常討論這件事。我隨時都會在妳身邊，回答任何妳想問的問題。」

疑問像爪子般鉗住我的喉嚨，但我不覺得媽會有答案。海莫尼自己說過：媽媽不相信故事，她的世界很小。

但我知道還有辦法可以幫上忙——那是媽看不見，或者說，沒辦法看見的方法。那隻老虎可以治好海莫尼。

我之前不夠勇敢，不相信她的魔法。但這次，我會勇敢。

這次我會準備好。老虎說她不會再來找我，所以我得去找她。
幸運的是，我剛好知道有個家族曾是老虎獵人。

16

新計畫讓我興奮不已，我跑上樓想告訴小珊。她勉強保持清醒，在床上坐直，筆電放在膝蓋上，整個人籠罩在螢幕發出的光之中。

我朝她衝過去，一把蓋上她的筆電螢幕，就像老虎的嘴猛然闔上一樣。

她抽回手指，睜大眼睛瞪著我，但我搶在她發火之前對她說：「小珊，也許有辦法可以讓海莫尼好起來。在她告訴我的故事裡……」

「不，」小珊打斷我。這個字重擊我的胸口，很沉、很冷。「不要現在，拜託。我現在沒心情聽故事。故事是要妳相信魔法是真的——但它就不是真的。」

「其實……」我不敢想像在我和盤托出後，小珊會有什麼反應，但我不想獨自守著這個祕密了。「我不確定那是不是只是一個故事而已。」

她嘆了口氣。「莉莉，妳到底在說什麼？」

「我想……有隻老虎，就像故事裡的那種……確實來找我了，還跟我說話。那一隻老虎昨天也出現在路上，就在海莫尼……妳知道的。」

小珊沉默許久，久到我以為她可能也看到老虎了。也許她以為自己是唯一一個看到的人，於是現在鬆了口氣。

但她接著說：「妳得振作點。妳這樣是某種應對壓力的心理反應之類的。妳說的事不可能發生。」

「沒有不可能的事情，除非妳相信它不可能發生。那隻老虎……」

「莉莉！」她厲聲說，扯著自己那撮白髮。「別再講這些老虎的事情了，好嗎？現實生活中還有很多事情。別再自找麻煩。」

在超市時的小珊去哪了？那個想聽故事的姊姊在哪？

我早該知道那種情況不會一直持續下去。

「對，妳說得對，」我說謊，「那大概是我想像的。晚點見。」

我轉身背對她，脫掉睡衣，換成牛仔褲和長袖的運動衫。我可以去找瑞奇，我可以學習如何獵捕老虎。我不需要小珊的幫忙。

「呃，」小珊說，「妳要去哪裡？」

「沒去哪裡。」

「等等……」小珊說，但我假裝沒聽到她說的話，碰碰碰地跑下樓。我跟媽說我要出去，也告訴她我現在不想再說任何話。她想阻止我，但我不聽。

我一直跑，跑到圖書館的大門前。我做了幾次深呼吸，讓自己鎮定下來。

我必須這麼做。海莫尼需要我。

我握住門把，猛然一拉，溜進門去。

喬坐在服務臺，我猜他大概不想跟人說話，但我經過時，他叫住我。「莉莉，」他清了清喉嚨，聲音有點像在呻吟，又有點像在嘀咕。「我只是想說，妳想到了一個好點子。」

「喔，」我說，我還在氣喘吁吁。我完全不知道他在說什麼。有那麼一瞬間，我以為他發現我的老虎計畫了，但那當然是不可能的事。

他的八字鬍抽動了一下。「詹森說妳提議舉辦烘焙義賣。我不確定這麼做實際上能募到多少錢，但確實是一個能讓整個社區都一起參與活動的好方法。」

我又「喔」了一聲。當初建議賣杯子蛋糕時，我沒想到詹森會認真把我的話聽進去。「那太好了。」

他點點頭，表示這個對話結束了。

「瑞奇和詹森今天有來嗎？」我問。

他指向圖書館後方，於是我穿過一排排的書架，到了一個擺著好幾張桌子的地方。瑞奇和詹森坐在一塊，兩人之間放著打開的筆記本、一疊單字卡，和一個空的布丁杯。

瑞奇抬頭，露出笑容。他今天戴著一頂寫著*BEANS*的毛帽，帽緣蓋到了他的眉毛。如果他有對超市發生的那件事感到尷尬的話，他也沒有表現在臉上。

也許這就是他的超能力——不愉快、不自在的事都不會影響到他。

「莉琪！」他大喊。

我花了一秒才反應過來他是在跟我說話，詹森抱歉地笑了笑。「是莉莉，」她糾正。「嗨，莉莉，妳好嗎？」

「嗯，很好，」我的聲音有點顫抖。我現在很緊張，因為我打算要問的事沒有任何道理。根本是不可能的事。但我無論如何還是要問。

我還沒能開口，詹森就說：「我一直想告訴妳烘焙義賣的事！我不想讓妳覺得我偷走了妳的點子，沒有把這個點子歸功於妳。」

「喔，我沒有……」

「妳可以幫忙做傳單和籌備之類的工作！」她咧嘴笑著，臉上所有雀斑彷彿都露出笑意。

「我也會幫忙，」瑞奇說。然後，他用一種很誇張的語氣小聲地加了一句：「我們會拿到免費的杯子蛋糕！」

「嗯，好，聽起來很棒，」我說。

「太好了！」詹森說，「那麼，我和瑞奇要繼續上家教了，所以……」

瑞奇把他的筆記本推到一旁，傾身向前，「莉莉，坐下來吧。把妳的人生故事全都告訴我們。妳是什麼時候開始熱愛老虎的？妳心裡覺得幸運符牌彩虹棉花糖麥片怎麼樣？快從實招來！」

「這個嘛……，」我開了口。他提到了老虎，也許這可以是個切入點，只要我轉移一下話題……

「瑞奇，夠了，」詹森說道。她接著對我說：「別理他。他只是想要逃避，不上家教課而已。」

瑞奇瞪大眼睛。「不是啦，詹森，我是認真的！我在交朋友啊。亞當去夏令營了，康納在義大利玩，我也必須有我的社交活動。」

詹森用鼻子哼了一聲，笑了起來，「你必須複習這些單字卡。」

我就快要被打發走了，因此便用腦中想到的第一件事打斷他們。「詹森，我也可以吃杯布丁嗎？」

她眨了眨眼。這樣很無禮，我知道，但我需要跟瑞奇獨處一下。

詹森以微笑掩飾了自己的驚訝，站起身來。「當然可以，莉莉。我去幫妳拿一個。反正瑞奇也很想稍微休息一下。」她朝瑞奇挑了挑眉，強調稍微兩個字，然後問我想要巧克力還是香草口味。

「香草，謝謝妳，」我真想用力抱住她，但只是因為一個布丁就這麼做，似乎有點太誇張了。

「請再幫我拿一個巧克力的，」瑞奇說。

詹森嘆了口氣，朝員工休息室走去。

「我上家教不是因為我很笨，」詹森一離開，瑞奇就開口說。「只是因為我沒有語言細胞，這才是原因。也沒有數字細胞，我猜。但我會成為心理學家。我對於人類心理能產生直覺性理解，」他說，彷彿是在背誦他從網路上看到的東西，「我擅長看出別人的心思。」

「嗯，」我說，「好的。」我得在詹森回來前跟瑞奇談到重點，但他又繼續說了下去。

「這就是為什麼我和詹森這麼要好。她想當記者，所以也需要善解人意。我們倆都很懂要怎麼跟人交談。其實……」

「你說過你曾祖父是老虎獵人，」我脫口而出。

他皺眉。「嗯，確切來說，我沒有說過。我不該講這些事的。」

「他是怎麼做到的？」

瑞奇盯著我，難得一次沉默不語。

「我是問一個假設性的問題啦，當然不是問實際要怎麼做。而是，假設有人要抓一隻老虎的話。」

瑞奇點點頭，努力想理解我說的話。「好吧。妳真的很迷老虎耶，對吧？但老虎是很美麗的生物，也瀕臨絕種了，真的不該獵捕牠們。」

「喔，我知道，對啊，當然不該。我不會這麼做。但假如我要的話……」我講得很快，快到我怕自己可能會嚇到他，但瑞奇看起來並沒有被嚇到。

他聳聳肩。「嗯，我不太清楚細節。我從來沒見過我的曾祖父，我家人也不太談他打獵的那些事，所以誰知道呢？」

一股失望感油然而生。他當然不會知道那些事。這主意真蠢。我以為自己可以成為英雄，可以真的幫上忙。但我就只是我而已。

我將所有情緒都強壓下來，不讓瑞奇看見，卻感覺到一股熱淚湧上眼眶。我緊閉雙眼，努力呼吸。

「噢不，」瑞奇說，他在座位上挪動身子，看起來是被我的反應嚇到了。「我還是可以幫忙，也許可以！妳喜歡狩獵之類的事情嗎？」

我搖頭，努力控制住自己。我得脫離眼前這個局面，回家去想替代計畫。「其實不是狩獵。我想，我就只是想知道要怎麼抓到老虎。但我只是好奇而已，沒什麼大不了的。我要走了。」

「等等！別走。妳看起來很……」他停頓了下來，臉頰泛紅。

「沒關係，」我說，他同時也開口說……

「我知道了！」他將手伸進自己的背包，拿出一本薄薄的、色彩繽紛的雜誌。不，不是雜誌，是漫畫書。我靠近一看，書名是《超人冒險：死亡陷阱！》。

瑞奇露齒一笑。「我們可以來做個陷阱，就是困住老虎的大坑。這會超酷，看到了吧？」他打開漫畫，翻到有摺角的一頁，給我看超人被困在巨大金屬箱和紅色雷射網之中的圖畫。

「我不覺得我能做出像那樣的東西，而且……」我盯著那張圖，「超人不是好人嗎？他不是會逃出陷阱嗎？」

瑞奇皺眉，現在他反而看起來是失望的那一個。「喔，對，我想也是。我只是想說……」他低下頭，把漫畫書塞回包包裡。「抱歉，我知道這不是妳想找的東西。我爸都說我很容易就興奮過頭。而且我在聊漫畫之類的東西時，朋友其實都不太懂，所以，嗯，如果妳剛才覺得我很怪的話，我懂。」

現在換我感到內疚了，是我造成眼前這個情況的。「沒有怪，只是……」我原本想說只是這不是我想找的東西，但我又把話吞了回去。

因為，其實老虎陷阱正是我想找的東西，但顯然我無法打造一個用金屬和雷射做成的陷阱。顯然把漫畫書當成參考指引很荒謬——但不會比試著用陷阱抓一隻會講話的虎靈還荒謬。

瑞奇是行動派。他行動時不會想太多。如果我想抓到老虎，我就需要變得更像他。「其實，假設說我不用鋼鐵和雷射，你覺得我可以用一般常見的東西蓋陷阱嗎？」

他的眉毛挑得老高。「等等，我們是真的要蓋一個老虎陷阱嗎？」

我清了清喉嚨。「嗯，是我，不是我們，我不知道……」

他興奮得搖晃身子。「如果妳要在這裡做那個老虎陷阱，我一定要跟妳一起做。」

我搖搖頭。我不想再次讓他失望，但是……「我不覺得那會是個好主意。」

他向前一傾，幾乎快從椅子上掉下來。「莉莉，我一定要。這聽起來太有趣了。何況，我知道的遠比妳還多。我讀過超多漫畫書，再加上，我很可能也繼承了我曾祖父的知識，那些知識可能就流在我的血中之類的。我對妳來說一定會很有用的！」

我咬了咬嘴唇。不是我不想當他的朋友，只是多數人的認知大概都無法接受會講話的虎靈的存在。「我不知道，瑞奇……」

他垂頭喪氣。「喔，好吧，那就沒關係了。如果妳不想的話，就不必找我一起做。」

現在我非常希望詹森回來，但她還在員工休息室裡，而我得帶著深深的愧疚站在這裡。

也許找他一起來不會那麼糟，我不必跟他說陷阱實際上是要拿來做什麼。也許有人幫忙會很不錯——而且是一個不會追究為什麼的人。

「好吧，」我說，他整個人像被電到一樣，坐直了身體。

「真的？我好興奮，這會是個壯舉的。」他做了一個爆炸的動作表示壯舉。「我好高興妳同意了，因為現在做老虎陷阱這件事已經佔據了我的腦袋，而且不會消失。」

「好，」我說。

「家教結束後我得回家一趟，拿些東西，但我會盡快趕到妳家。詹森說妳就住在對街，是吧？」

「你是說……今天嗎？」我問道，「你不需要先問你爸嗎？」

「噢，他不會注意到我不見了，」他從筆記本撕下了一張紙，潦草寫下自己的電話號碼，但還沒能交給我，詹森就拿著布丁回來了。

瑞奇把那一小張紙藏在拳頭裡，我用眼神示意他安靜點。他點頭，做出把嘴唇拉上拉鍊的手勢。他努力表現得很正經，卻止不住臉上那大大的笑容，整個人難掩興奮。

詹森皺起眉頭。「這裡發生了什麼事？」

「什麼也沒有，」我和瑞奇異口同聲地說。我們這樣大概有點可疑。

詹森正準備繼續盤問下去，但有什麼事情阻止了她。她看向我身後，挑起眉毛。我轉頭，沿著她的視線看了過去。

小珊就站在我後面，雙臂交叉在胸前，用她那畫了一圈黑色眼妝的眼睛瞪著我。她很憤怒。

17

詹森先開口說話。她的眼神閃過驚訝、困惑，然後是好奇。「嗨，」她說，「我是詹森。」她對小珊露出溫暖、親切的微笑，就像她之前給我的笑容一樣——只是多了點別的，多了點好奇，還帶了幾許期待——也許是因為小珊跟她同年紀。詹森把一撮深髮塞到耳後，她臉上那些象徵幸運的雀斑彷彿亮了起來。

我不禁感到嫉妒，因為這感覺就像小珊根本沒做什麼，就已經偷走我的朋友了。這就是那種天生人緣好的人會帶來的麻煩。

「妳……妳好，」小珊有點結巴地對詹森說，「我叫，呃，小珊。」詹森的友善似乎讓小珊有點措手不及。但她接著就轉向我，瞇起眼睛。她站直了身子。小珊生氣時反而最自在了。「妳為什麼在我們講到一半的時候就跑出去了？妳不能這樣。」

我吞了一下口水，感覺到詹森和瑞奇盯著我們看。我想要消失，但我的隱形能力無法啟動。它最近一直故障。

「妳為什麼不乾脆告訴我妳要去哪裡？」小珊問。

「我……」我不確定該說什麼。因為我沒辦法告訴妳我的祕密老虎計畫？「我得來這裡。」話才一說出口，彷彿便落在我的腳邊，發出沉悶的聲響。我的話完全沒說服力。

一陣尷尬的沉默在空氣中迴盪，直到詹森大聲驚叫：「噢，我認得妳！」

小珊睜大雙眼，詹森露齒一笑。「不用害怕啦，我只是覺得妳看起來有點眼熟。妳以前上過太陽小學，對吧？好幾年前？」

小珊頓了頓，臉頰泛紅。「嗯，對，上了幾年。我們以前住在這裡……沒錯，幾年前。好久之前的事了。」

我盯著姊姊。我從來沒看過她像這樣結結巴巴地講話。她平常都那麼有自信，還那麼……凶。而現在，她渾身的銳氣都被削弱了。

詹森玩弄著自己的捲髮。「妳知道，我們要舉辦烘焙義賣，幫這間圖書館募款。這其實是莉莉的點子。如果妳有興趣的話，歡迎妳來幫忙。我可以給妳我的電話號碼，我們可以合作一下。」

「好，我……沒問題。我有……好，」小珊整理了一下自己的上衣，儘管她的衣服看起來很整齊。

我瞥了瑞奇一眼，但他只顧著吃他的第二杯布丁，完全沒察覺到任何異樣。趁她們沒注意，把你的電話號碼給我，我用眼神示意。

他卻指著自己的布丁杯，朝我豎起大拇指，彷彿我想知道的是他的布丁好不好吃。

我深深吸了一口氣，再緩緩吐氣，就像媽在應付海莫尼時的樣子。

詹森咧嘴笑著，「那太好了！」她說。她接過小珊的手機，輸入自己的號碼。我感到一陣嫉妒，因為小珊這樣就可以拿到別人的手機號碼，毫無困難，好像每件事對她來說都很容易。

詹森和小珊彼此對視了幾秒，小珊好像完全忘記我的存在。

我開始覺得煩躁。「隨便啦，」我咕噥道。我盯著瑞奇，無聲地暗示他：現在偷給我你的號碼！

「噢，對！」瑞奇說。他拿出那一張小紙條，放到我的手掌心。他壓低聲音，用聽起來仍是挺大聲的氣音說：「晚點會用到，妳知道的，那個祕密計畫。」

詹森一臉驚訝。小珊露出懷疑的神色。

我又深呼吸一次，硬是擠出一個非常平常的微笑。「好，嗯，我們該走了，」我說。

「好！」詹森說，「抱歉，我不是有意要耽誤妳們。我和瑞奇也該繼續上家教了。」

瑞奇搖了搖頭。「沒關係，詹森。我看得出來妳在交朋友。我支持妳。」

詹森笑了出來。小珊尷尬地聳聳肩道別後，她把我從桌邊拖走。

瑞奇在我們身後大喊，「待會見！」他滿嘴都是布丁。

小珊在我揮手道別時把我拉出圖書館。出了大門後，我面向她。「妳不必像剛才那樣讓我丟臉。」

她瞪著我。「什麼？妳不爽的點是這個？妳在我們講話到一半的時候跑出去，丟下我單獨面對媽，她壓力已經很大了。」

「抱歉，」我小聲說，我是真心覺得抱歉。我還是很氣小珊，但她說的話確實有幾分道理。

「我也不知道。我懂妳的心情。我也很氣。我很氣發生這樣的事情，讓我更氣的是媽沒有早點告訴我們，」小珊一手撫過自己的臉，「待在那棟房子裡像待在監獄一樣。有時候，我好想逃走。」

我希望自己能夠解釋我剛才不是要逃走，而是有個計畫，我想要解釋這一切都會沒事，不過小珊已經很清楚表示她不相信魔法。

回去時，當我們向上爬著那排階梯，我瞇起眼看著房子，想要看到在小珊眼中，那房子是什麼模樣。對我來說，這棟屋子一直以來都是避風港，保護著我們。

不過，我想我幾乎可以看出來了。那房子被近乎漆黑的藤蔓勒著，大門深鎖，隱身在樹林之中。我幾乎可以看得出來這棟屋子有如監獄。或甚至是陷阱。

18

幾個小時之後，瑞奇騎著腳踏車來了。媽帶海莫尼去醫院回診。小珊在樓上，所以只有我一個人待在客廳。這大概是件好事，因為瑞奇的腰上纏著差不多有一千碼長的繩索，從頭到腳都是迷彩──包括一頂迷彩花紋的高帽。

「哇，」我說道。瑞奇跨過前門。

他舉起高帽致意。「老虎陷阱大師，在此聽候差遣。」

我眨了眨眼。「什麼？」

「嗯，妳是對的。這個名號還需要再想一下。」他走過我身旁，解開繩索，丟在客廳地板上。他看到我一臉困惑後解釋說：「當然是指我作為超級英雄的名號啊。」

「是啦。」我感覺很糟。我知道他玩得很開心，我也不想讓他覺得我是在嘲笑他，但是……這不是遊戲。這件事很重要，意義重大。「我不覺得有必要穿那些迷彩？」

他咧嘴而笑。「是沒有必要，但很酷啊。妳的超級英雄名號是什麼？」

「我不是超級英雄。」我撿起繩索，想要換個話題。「我們要用這個做什麼？」

他瞇起眼睛看我。「嗯，好吧，但妳至少要戴上這個，」他把那頂高帽從自己頭上脫下，戴到我頭上。然後他滿意地點點頭。「這樣好多了。」

帽緣沾了汗水，帽子也有點太大了。「你哪來的迷彩帽啊？」

他歪頭。「什麼意思？」

我眨眨眼。認識他這幾天以來，我看得出來他有很多奇怪的帽子。但也許他完全不覺得這些帽子很奇怪。對他來說，迷彩高帽正常得很。

「只是，這頂帽子……」我正要說有點怪，但我想起他在超市露出的表情，於是把話吞了回去。我不想讓他有跟那時候一樣糟的感覺。「它很獨特，」我把話說完，然後，在我們更深入探討帽子之前，我試著回到正題。「我在想我們應該要把陷阱設在這裡。跟我來。」

我帶他走到地下室的門口。

「這裡的氣氛好肅殺，」他邊說邊東張西望。他看著那些藥草、護身符、小雕像，當然還有那些依然堆在地下室門口的紙箱和櫃子。

「這裡才不肅殺，」我跟他說，有點惱怒。也許我剛才對高帽的事不該這麼友善。「這裡是我家。」

他臉頰泛紅。「抱歉。不過我喜歡這裡，這裡就像二手商店，或是不可怕的鬼屋。」

我正要回應他時，小珊下樓梯的腳步聲響起，她走到我們面前。「不好意思，」她說，她的手臂環在胸前，對我挑眉。「他為什麼會在這裡？還有，妳頭上那是什麼？」

「喔，」我說，「這是高帽。」老實說，對這頂帽子我也沒什麼話好說了。「瑞奇只是來這裡……讀書。」

小珊皺眉，看了繩索一眼，再瞥向瑞奇的迷彩裝，然後轉回來看我。「媽知道妳邀人來家裡嗎？」

瑞奇來回看著我們倆。他清了清喉嚨，對小珊微笑。「嗨，我叫瑞奇，是莉莉在圖書館認識的朋友。」

小珊翻了個白眼。「對，我知道。我今天早上才見過你。」

她把我拉進海莫尼的臥室，要和我單獨說話。「妳甚至沒先問我能不能邀朋友來家裡，」她說，語氣近乎憤怒。

我聳聳肩。「媽不會在意，她想要我交些朋友。」

「對，但妳不能想做什麼就做什麼。妳必須先問過。還記得我們剛剛才談過的事嗎？」

「對不起，他就突然出現了，是他不請自來。」嚴格來說，這是事實。

「別想敷衍了事！我又不笨。我知道妳有什麼祕密計畫。妳為什麼要戴那頂帽子？為什麼要拿著一堆繩索？」她瞇起眼睛。「這和妳那詭異的老虎理論有關，對不對？」

「才不是，」我撒謊，不過語氣很沒說服力。

小珊皺眉。「我想我需要和媽媽說。」

她伸手要拿她的手機，但我抓住她的手腕阻止她。「拜託不要。姊妹……應該替對方保守祕密。」

我們對視著彼此，直到她終於搖了搖頭。「好啦，隨便妳想怎麼做。只要別把我拖下水。」

「喔。」我想這是我希望的結果，但我還是覺得很受傷。雖然我希望她別阻止我做這件事，卻也不想要她不理我。我想要她關心我。

我胸口隱隱作痛，因為應該是我和小珊要一起蓋老虎陷阱。這個故事是屬於姊妹的，故事的主角應該是我們。

但小珊把手腕從我的手中抽回，走出臥室，回到樓上。

「妳的姊姊似乎……」瑞奇吞了吞口水，「人很好？」

我不理會他。「我們得在樓下蓋陷阱。」

他皺起眉頭。「嗯，我在Google做了很多研究，通常老虎坑都在室外才能做成，妳也知道，一個大坑。」

我推開地下室的門，打開電燈開關，幸好電燈今天沒有罷工。電燈在閃了一兩下後持續亮著，發出微微的嗡嗡聲。「對，但地下室本身就已經像一個坑了。」

瑞奇扭動了一下身子。「但……它就不是啊。」

「我不想讓陷阱被雨淋溼，」我說。我不能告訴他真正的原因——老虎是在屋裡現身，她認為被偷走的星星故事就藏在這屋裡的某處。而且，只有在地下室蓋這個大陷阱，我家人才不會注意到。

這個理由對瑞奇來說就足夠了。於是，我們走下樓梯，看看我們要工作的地方。

「妳有意識到吧，」瑞奇說，「理論上，妳要引誘老虎進入妳家，再進入地下室。這似乎不是個很好的計畫。」

「一切都是假想的，」我提醒他。我非常努力不要去想：也許他說的對。

「好吧，」他點點頭。他環顧整個房間，把指節折得喀喀響。「我們還是得想辦法做個坑。」

「嗯……，」我邊說邊思考。「我想我們應該可以用幾個樓上的箱子？把它們疊在一起？然後，我們可以用繩索固定箱子，老虎就沒辦法撞倒所有的東西了。我是說，假想中的老虎。」

海莫尼說如果不是在吉日時搬箱子會很危險，但我要怎麼知道今天是不是吉日？

「用箱子疊成一座塔。很好，很棒的點子，」瑞奇說。

我衡量一下自己還有什麼選擇。我實在想不出其他設陷阱的方法，所以我只能去搬那些紙箱，同時祈禱今天是吉日，要不然就是不搬，放棄用陷阱抓老虎。

「只不過要小心，別打破任何東西，」我加上一句。海莫尼說過打破東西很糟糕，所以我起碼可以避免這點。

我們開始工作。我們把韓國雕刻櫃推到一旁，它們刮過木地板，空出一條通道，我們才能搬那些比較輕的箱子。

接著，我們把海莫尼的紙箱從樓梯頂端搬下來，在地下室疊成一堆。有些箱子很輕，我們可以各自搬一個，但較重的箱子則要兩人一起抬。我們緩緩走下樓，瑞奇抬前面，我搬後面。

我們差不多快搬完一半了。當我們正搬著一個特別重的箱子下樓時，瑞奇開口說：「我媽也喜歡帽子。」

我停下腳步，費力地從大箱子上方看向他。「什麼？」

他聳聳肩，移了一下箱子的重心。「我不知道……妳之前問了帽子的事。」

「對，那是半小時前的事了。」

「抱歉，我不喜歡尷尬的沉默。」

「喔，」我說。他盯著我，好像在等我說下去。「我不覺得這是尷尬的沉默，這比較像是忙碌的沉默。」

他笑出聲。「忙碌的沉默。我以前從來沒這樣想過。」

我們又往前走了幾步，瑞奇繼續講下去。「我和我媽以前會一起去買帽子，這是我們會一起做的事。每個場合都需要一頂好的帽子，因為特別的帽子會讓人感覺自己很特別。就跟超級英雄穿披風是一樣的道理。」

我點頭同意，但我內心注意著以前這兩個字。就跟他在超市時說的一樣：她以前會做肉桂麵包捲。她喜歡帽子，是現在式。但他們以前會一起買帽子，是過去式。

他提到媽媽時，聲音裡也藏著某種情緒。我很納悶那是什麼意思，也許是他父母離婚了，因此他不常見到她。

但我沒問下去。我不喜歡有人問起關於爸的事，所以我也不想讓瑞奇感到不自在。

「講得很有道理，」我這麼說。

我們到達樓梯底端，搖搖晃晃地把這個沉重的紙箱放到其他箱子上。

「我有一頂舊式的報童帽、一頂萊姆綠的軟呢帽，還有……」

紙箱從他手中滑落，他猛然停下。我向前一撲，試著抓住箱子，但因為它太重了，我第二次在瑞奇面前跌倒。

迷彩高帽從我頭上飛了出去。紙箱掉到地上，一陣可怕的噹啷聲在地下室迴盪，接著是很大聲的啪，因為我跌到紙箱上，撞碎了裡面的東西。

那是某個東西破掉的聲音。

那是厄運的聲音。

我僵住不動，彷彿拒絕移動就可以讓一切倒退回意外發生之前。我等著小珊跑下樓，但她沒有。這裡就只有我和瑞奇和我們打破的不知道什麼東西。

瑞奇睜大眼睛。「妳還好嗎？對不起！我以為我抓住了，但……」

「我沒事，」我說，一邊奮力站起身。「我得看看我們是不是打破了什麼東西。」我把箱子翻正，想要撕開膠帶來檢查，但我的手指一直在抖，因此很難揑住膠帶。瑞奇大概會覺得我太小題大作了。他大概會覺得我是怪胎中的怪胎。

他把頭髮從眼前撥開。「妳會因為打破東西而惹上麻煩嗎？」

「喔，不會，」我立刻說。不過海莫尼會不會生氣？媽想移東西的時候，海莫尼看起來真的很不高興。

「來，讓我幫妳。」瑞奇傾身向前，打開箱子。我檢查箱子裡面。在一層泡泡紙下，是一堆鍋碗瓢盆。

每樣東西看起來都完好無損。

剛才的噹啷聲一定是這些鍋子互撞的聲音，啪的一聲則是因為我壓到那一層泡泡紙。

我呼出一口溫暖的氣息。「所有東西都好好的，」我說，比起對瑞奇說，更像是在對自己說。

我重新整理好紙箱裡的廚房用具，但在最大的鍋子裡，有東西吸引了我的目光。

我把手伸進去，拿出了三個捆著泡泡紙的東西。裡面的物品在塑膠包裝下露出微光，在燈光下閃爍著。

「哇，」瑞奇從我肩上俯身看著，吸了一口氣。「我們，找到，寶藏了。」

只不過那不是寶藏。那是……玻璃罐。

19

「星星玻璃罐，」我輕聲說。

我剝開其中一個的泡泡紙，裡面的罐子小小圓圓的，是暗藍色的玻璃製成的，瓶口塞著銀色瓶塞。

我很快把其他的泡泡紙也拆開，好檢查有沒有破裂，但也都沒事。其中一個瓶身細長，是透明玻璃製成的，塞著黑色瓶塞。另一個則是暗綠色的方形玻璃罐。

瑞奇走近一步。「什麼是星星玻璃罐？」

「嗯，沒什麼。」但這並不是沒什麼。事實上，它們有可能就是關鍵。

海莫尼說她奪走了星星故事，並將它們塞進玻璃罐。老虎認為那些玻璃罐就藏在這間屋子裡的某處，而且海莫尼對這些紙箱可是極度嚴肅。

原來就是在這裡。這就是那些寶貴的玻璃罐，那些危險的故事。一定就是。

這就是老虎想要的東西。

我瞇眼看著罐子，有可能是光線造成的錯覺，但我幾乎可以看到裡面有東西在動——像是煙霧，或是魔法。

有那麼一瞬間，我衝動地想拔開瓶塞，把瓶口拿到耳邊，像聽貝殼一樣，聽裡頭的魔法發出海洋般的轟鳴。

我實在太想聽到那些故事了。

「這些是我海莫尼的東西，」我努力讓聲音保持冷靜。「我們把這些放旁邊就好，我晚點再交給她。」

瑞奇聳聳肩，好像這沒什麼大不了。我想，對他來說這確實沒什麼大不了。它們就只是玻璃罐，一般常見的玻璃罐。一點也沒錯。我咬著大拇指指甲，盯著它們看。

瑞奇打破沉默。「那麼，妳抓住老虎後會怎麼做？」他好像是怕我不回答，又補充說：「在《超人：死亡陷阱！》裡，雷克斯・路瑟想要拷問超人，逼他透露氪星的祕密，還有宇宙……」

「不是那樣，」我打斷他，因為那樣說的話，我就有點像壞蛋。「這是現實生活，不像你的漫畫書那樣，懂嗎？」

我立刻為自己忽然就惱火而感到內疚。瑞奇一直都很好心，願意幫忙。他不知道事情全貌，這不是他的錯。如果他想談漫畫或帽子或任何其他事情，我就該讓他隨便聊。我聲音和緩下來，我說：「這件事就是不一樣。」

他停頓了一下，非常專心調整著自己的迷彩長褲。「我上家教不是因為我笨。我是說，我不笨。」

我撥弄著自己的辮子。「對，我知道。你在圖書館的時候已經說過了，我也不覺得你笨。很多人都會上家教。」

「我只是想說清楚，以免妳那樣想，或者聽到別人那樣說。」他聳聳肩膀，想表現出不在乎的樣子，即使他顯然很在乎。

我坐到其中一個箱子上。「聽誰那樣說？」我不覺得自己有必要指出這個再明顯不過的事實：我沒有半個朋友。

「也對，這倒是真的，」他說。他和我一起坐到箱子上。「我去年語言藝術課被當掉了。」

「噢，」我說。

我在加州讀的學校，要被當掉超級難。就算所有作業都做得很爛，只要有付出最低限度的努力，老師就會看你可憐，至少讓你及格。

也許這裡的學校課程困難很多，因為瑞奇看起來不像是那種不努力的人。他是那種會為了獵捕假想的老虎而從頭到腳都穿著迷彩服的小孩。那種小孩凡事都會努力嘗試。

瑞奇邊用手指敲著紙箱邊說：「不過，那不是我的錯。那個老師總是跟我作對。她討厭我。」

「好吧，」我說，「我想這就說得通了。」

他抬頭看我，一臉驚訝。「真的？妳相信我？」

我點頭。他看起來充滿希望。我似乎沒有任何不相信他的理由。老實說，我其實根本不在乎他是不是擅長語言藝術。成績並無法轉換為友誼。

他鬆了口氣。「那就好。我不想讓妳對我有不好的印象，因為那真的不是我的錯。但不管怎樣，這就是我這個暑假要上家教的原因。如果幾個禮拜後的考試我沒有過，我就得重讀六年級了。」

我努力不露出我的驚訝，因為這件事還挺嚴重的。而我沒說出口的是：就我所見，他在家教課時不是很認真，看起來幾乎像是他努力不去學任何東西。

這其實不關我的事。但不知為何，他很在乎我是不是贊同。「我相信你會考過的，」我說。

他點點頭。「對，我也相信。會很順利的。」

接著是一陣尷尬的沉默，之後他開口問：「妳到底為什麼要做這件事？我是說，我就跟其他小孩一樣，很興奮能蓋一個假的老虎陷阱，但妳肯定有個原因。」

我聳聳肩，避開他的眼神。「我們該繼續做事了。」

「說正經的，是為什麼？」

我猶豫不決，努力要想出一個像樣的謊言。我已經有那麼多祕密了。祕密讓人精疲力盡。

其實我想說出實話。「我的海莫尼生病了，」我告訴他。他看起來一臉困惑，於是我解釋說：「我的外婆。」

他吐出一口氣。「我很抱歉，那真是太糟了。」

「她很怕老虎，所以我想讓她感覺好過一點。」這不完全是事實，但夠接近了。我的肩膀放鬆，感到如釋重負。

可以跟人談談真好。

「那一定很可怕，」他說。「就算只是她在想像也一樣。」

我把你根本什麼都不知道幾個字吞了下去，然後點頭。「確實。」

「妳這麼做真的很酷，」他說。「妳是我交過的朋友中，最酷的女生了。」

「喔，」我不知道他認為我倆是朋友，但聽到他這麼說感覺不錯。

這感覺就像，也許他能夠成為我真正的朋友——會留在我身邊的那種。

「那麼，」他站起身，拍拍褲子。「妳有沒有生的肉？」

「等等，什麼？」

「網路的資料說，老虎陷阱最重要的一個部分就是誘餌。大部分的老虎獵人都用生肉，像是牛肉或……」

「嗯，因為是假想的，所以……我們不會那麼做，」我說。

他點點頭。「對，好吧。有道理。」

「我們就把陷阱做完吧。」

他傾身，撿起那頂高帽，將帽子遞給我。「來做陷阱吧。」

我們繼續工作時，我面帶微笑。我們現在更注意了——在搬每個箱子時，都小心翼翼地一階一階慢慢走——只把最重的幾個紙箱和巨大的韓國雕刻櫃留在樓上。等搬了夠多的箱子到樓下後，我們開始把它們排成一圈，將較輕的紙箱堆放在較重的箱子上面。

這就像在拼一幅巨大的拼圖。儘管這件事很重要，事關重大——卻也很好玩。

我們完成後，在箱子外圍纏上繩索，但我們其實不太確定該怎麼做。保險起見，我綁了五個結。

最後，我們向後退，欣賞自己的成果。

「做得好，老虎陷阱大師，」我說。

瑞奇的臉堆滿笑容。「妳也一樣，超級老虎女孩。」

「我不是超級英雄，」我下意識這麼說。不過，「超級老虎女孩」確實聽起來比「隱形女孩」要來得酷，被用超級形容感覺也還不錯。

瑞奇離開前，我拿下頭上的高帽遞給他。我確定自己的髮型被帽子壓壞了，幾撮髮絲因為汗水黏在額頭上，有的頭髮還翹了起來。「別忘了這個，」我說。

他聳聳肩。「先暫時留著吧，以免妳找到假想的老虎。我們下次一起玩的時候，我再拿回來。」

「一起玩？要做什麼？」我不確定他腦中想的下一件事是什麼，但現在這樣差不多就結束了。陷阱已經完成了。

他盯著我看，好像事情再明顯不過。「我們現在是朋友了，朋友會一起玩啊。」

我眨眨眼。「噢，好。對啊。」

然後我笑了起來，因為我真的想要再一起玩。不知為何，他讓做陷阱抓老虎這件事變得很好玩。

我跟瑞奇道別。他一走，我就把星星玻璃罐拿到閣樓的房間，藏在我的床底下。

幸好小珊在洗澡，所以她不會來煩我。我趴在地上，目不轉睛地盯著那些玻璃罐。

它們看起來就是普通的玻璃罐，幾乎就是。只不過，即使放在床底下，罐子看起來還是在微微閃著光。

生肉不會有用，因為虎靈不按牌理出牌。但看著這些玻璃罐，我意識到：我找到誘餌了。

20

「妳在做什麼？」我身後的木地板發出嘎吱聲，我轉頭看到穿著睡衣的小珊。

「沒做什麼，」我立刻站起身。

我心神不寧。星星玻璃罐在床底下等待著。

我看了時鐘一眼。才傍晚而已，還有好幾個小時大家才會去睡覺——我才能偷偷拿著玻璃罐到樓下誘捕老虎。

小珊瞇起眼睛。她吸一口氣，好像想問問題，但她搖了搖頭。

忍住問題不問並不像小珊的作風，我不知道自己是感到慶幸，還是覺得難過。

她再度開口時，似乎改變了想法，她問了其他問題。「妳跟那個男生是怎麼回事？」

「他在幫我……做一件事情，」我嘴角忍不住微微上揚，補充說：「他是我朋友。」

小珊挑眉，她露出那種你有所不知的得意笑容。「妳朋友？」

明白她的意思後，我的臉頰發燙。「才不是那樣。」

她的語氣促狹，「哪樣？」

「不是妳表現出來的那樣。」

小珊笑出聲來。顯然，我的難堪讓她心情很好。

小珊的眼神變得柔和了一點，她指著鏡子前方的地板。「坐下吧。如果妳有暗戀的人，就該學學怎麼弄好妳的頭髮。」

「我現在這樣子就很好了，」我說。「而且我也沒有暗戀他。」我不曉得該怎麼跟小珊相處。前一秒她還很討厭我，下一秒她就想要來點姊妹時光。

而且更重要的是，我才沒時間弄頭髮，我還有救人的任務。

不過小珊一直指著地板，不讓我拒絕。我想，反正我還得再等幾個小時。

於是我放棄掙扎，坐到鏡子前，小珊跪在我身後。她解開我的髮辮，轉著那幾綹頭髮，把它們編成新的髮型。

在她綁頭髮時，我的緊張感逐漸消失，取而代之的是一種更沉靜、更深層的渴望。我好想告訴她老虎、星星玻璃罐和陷阱的事。

但我又怕她會講出什麼刻薄的話，然後說我瘋了。所以我屏住呼吸，直到這股渴望消退。

幾分鐘後，小珊問：「妳是什麼時候遇見詹森的？」

她只是隨口問問。這也不是我真正想談的事，但聊這個總比聊瑞奇好。

「在圖書館，我們剛搬來的時候，」我跟她說。「她人真的很好，還送杯子蛋糕給我吃。而且，圖書館看起來也不再像鬧鬼的薑餅屋了。」我緊緊閉上嘴巴，我講太多了──薑餅屋那句評論超突兀。我換個話題。「妳記得在小學時看過她嗎？」

小珊聳聳肩，輕輕拉著我的頭髮。「我的意思是，我記得啊。學校人很少，但她比我大一屆，所以我以為她根本沒有注意到我。」她頓了頓，加了一句：「我不是說她有注意到我。只是，對，就這樣。」

「嗯，」我說，不知道為什麼覺得很尷尬。我覺得她想要我多說點話，但我不知道該說什麼。

小珊綁好我的辮子，她從自己的髮上拿下幾個波浪髮夾，貼著我的頭皮夾好。然後她向後傾身，看著鏡中的我。

我原本在臉龐兩側的辮子，被盤成像皇冠般的髮髻，還有幾縷髮絲垂掛耳畔。有了新髮型，再加上海莫尼的項鍊，我看起來像個公主──而且是戰士公主。

我不習慣看到自己現在的樣子。「我看起來不再像老虎故事裡的女孩了，」我低聲說。我不只是在對小珊說，更像是在對自己說。

小珊已經看起來不像故事裡的女孩很多年了。自從她剪了及肩短髮、漂白那撮頭髮後，就再也不像了。但我一直都綁著辮子。我一直都是小艾吉。

小珊哼了一聲。「別再提那個老虎故事了，莉莉。那個故事最糟糕了。」

我不懂她在說什麼，我們很愛那對姊妹的故事啊，以前我們每晚都跑進海莫尼的房間。跟我們說那個太陽和月亮的故事。「什麼意思？」

「嗯，首先，」小珊開始說，「那對姊妹很笨。老虎用爪子刮她們家的門，很明顯那不是她們的海莫尼。她們怎麼看不出這點？」

「因為老虎穿著……」

「還有，那個姊姊不斷說要保護妹妹，結果卻去幫老虎開窗戶。」

我的身體向後靠。「那個姊姊才沒有開窗，是妹妹把門打開了。」

小珊搖搖頭。「不，才不是那樣。」

「就是這樣，故事是這樣發展的。」在故事裡，老虎選擇了妹妹。她才是老虎喚著的人，她才是那個回應呼喚的人。她是特別的。

我不清楚小珊怎麼會搞錯。我告訴她：「艾吉打開門，老虎追著她們。她們講了一個故事後，天神就救了她們。」

「不對。」小珊聲音中的某種情緒嚇了我一跳，是一種先前沒有的怒氣。「那對姊妹最後被分隔在天空的兩端，連跟彼此說說話都不行。她們每天都會見到對方，不過只能揮手問候和道別。她們很孤單。」

我抱住雙膝。「這故事才不悲傷，這是快樂結局。那對姊妹逃離老虎的追捕，她們永遠安全了。」

但我現在沒那麼確定了。

「重點就是，這是個悲傷的故事，莉莉。那些古老的童話故事都是要拿來嚇小孩的，是要讓他們學到教訓。妳也知道，就是要告訴他們別幫陌生人開門，還有要躲避危險。」

沉默在房間裡膨脹，填滿了老舊木頭上的每道裂縫。我清了清喉嚨，勉強開口。「假如那對姊妹沒有逃跑呢？」

小珊嘆了口氣。「什麼意思？」

「假設這是妳的故事，如果有隻老虎在追妳……妳會逃跑還是會……會面對牠？」

她遲疑了。「妳該不會又要說故事都是真的了吧？是嗎？因為……」

「不，不是，」我立刻說。「那是一種應對壓力的心理反應，我知道。我是說假設。」

一陣沉默，然後小珊突然大笑起來。她的舉動太讓我吃驚，嚇得我也跟著笑出聲來。有那麼一瞬間，我的焦慮減輕了，她的笑聲就像是黑暗中的亮光。

「莉莉！妳在開玩笑嗎？我會跑啊！妳也知道，老虎會吃人啊。」

「是啊，」我說。她說的對。這就是我正面對的現實，但我沒辦法告訴她。

小珊站起身，接著重重躺到床上。我猜這次的談話已經結束了。小珊不再結束對話，她只會逃避對話。

但幾分鐘後，她說：「如果故事裡的是我，我不知道。我不知道自己會不會逃跑。我會想做勇敢的事。只是在那個情境下，我不確定怎麼做才是真正的勇敢。」

21

我小心翼翼地把綠色的方形星星玻璃罐從床底下拿出來。小珊睡著了，整棟房子也陷入了沉睡。我準備好了。

我盡可能不發出聲響，悄悄拉開抽屜，我在那裡藏了海莫尼的艾草。我折下一小段艾草放進口袋，將海莫尼的項鍊掛在脖子上扣好。最後，我從梳妝臺拿起瑞奇的帽子，戴到頭上。

誰也料不到會發生什麼事，也許它會派上用場。也許它能讓我與眾不同。也許它能讓我成為英雄。

我抱著星星玻璃罐，全副武裝，躡手躡腳走出閣樓的房間到樓下去。我施展我的隱形能力，隱身在夜晚的陰影之中。雨聲蓋過了我的腳步聲。

除了我以外的人都熟睡著。我悄悄經過海莫尼的房間，經過睡在沙發上的媽媽，走向地下室。

「我做的這個決定是對的嗎？」我對著密封的玻璃罐低語。

沒有回答。今晚的房子也寂靜無聲，彷彿它在等著看我的下一步行動。

我轉開地下室的門把。門開了，像在邀請我入內。

這次我不會害怕了。海莫尼曾經勇敢面對老虎，我現在也會這麼做。

我是莉莉，我很勇敢。我是海莫尼的孫女。

我不會被老虎追捕。

我才是獵人。

而且老虎才不是我的對手。

我抱著玻璃罐——我的誘餌——背對著門坐在樓梯上，往下看著那些紙箱。

我等待著。

我並不想睡著，但我卻睡著了，因為我被一陣窸窸窣窣的聲音吵醒。

我立刻站起來。一看到我的陷阱，我又興奮又驚慌——因為我成功了，但同時也意識到，因為我成功了——所以現在有隻老虎在我家地下室，被困在陷阱中。

我一手抓著星星玻璃罐，另一手捏著自己的腿，我只是想要確定眼前的一切是真的。這不是在做夢，也不是幻覺。

我排成一圈的紙箱包圍住老虎，她蹲坐著，全身靜止不動，只有尾巴來回晃動著。月光從窗戶灑落，讓她身上的黑色條紋顯得銀白。她的身形比我印象中還來得巨大——大到我的陷阱幾乎要容不下。

「真有意思，」她語氣平淡地說。她看起來帶著怒意，卻不擔心。

我和她保持距離，停在樓梯的中段，向下俯瞰著她。我腦海中閃過一條關於老虎的知識：老虎的牙齒可以咬穿骨頭！

還有另一條：如果你直視老虎的眼睛，牠殺掉你的機率會降低。

我強迫自己對上那雙發亮的黃色眼睛，她的瞳孔有如兩池黑墨水。我挺起胸膛，裝出勇敢的樣子。「妳找到我的陷阱了，」我壓低聲音說，好讓自己的聲音聽起來成熟一點。

老虎的嘴彎成一抹微笑。「我承認，這超出我的預料。」

我清了清喉嚨。「妳說妳可以治好我的海莫尼。妳現在被困住了，我要求妳幫她。」

「真有趣。我之前沒想到妳是這樣的人。不過抱歉啊，我沒有被困住。我只是……在考驗妳。」她從尖牙的牙縫中剔除乾燥的藥草。「順帶一提，這艾草不錯。」

我摸索口袋裡的艾草，它不見了。接著橘色與黑色一閃而過，老虎也消失了，我的陷阱裡空空如也。

「老虎不會屈服於別人的要求……」她的聲音從我身後傳來。我轉身，看到她站在樓梯頂端的門口。

她的身形遠比我大太多了。她往前踏一步，逼我往下退一階。然後她又踏出一步，我一階接著一階退後，直到我退到地下室，身後抵著自己用紙箱做成的牆。真愚蠢，居然認為自己可以騙過一隻老虎。愚蠢，好愚蠢的小女孩，而現在……

「不過我們可以來做交易。」她的語氣不像威脅，反而更像是好奇。她的聲音有點像在低吼，又像是在低語。「我跟妳說過我只會提供一次交易的機會。但為了妳，超級老虎女孩，也許我會網開一面。或許我們可以來做一場新的交易，好玩一點的。」

星星玻璃罐在我冒汗的手掌中變得很滑，我把它抓得更緊。「什麼交易？」

「妳把故事還來，妳的海莫尼就會好轉。為了讓故事回到天上，我必須講出這些故事。這就是好玩的地方。」她亮出牙齒。「說故事時如果有聽眾必然會更好。」

我深呼吸。有一部分的我想要聽那些故事，但海莫尼說這些故事不好。這些故事會讓人很難受，每個聽過的人都感到心痛。「這些故事很危險，」我說。

「它們很強大。」

「妳說過它們有改變人的力量。」我發抖著。不知道為什麼，我想起海莫尼在廁所嘔吐的樣子。有那麼一瞬間，她看起來就像頭怪物。

老虎的雙眼在黑暗中閃閃發亮。「這是我的提議，不要就拉倒。」

此刻，大概有二十種恐懼層層疊在我的心上——我怕我會說錯話、怕我會做錯事、怕我會傷害到海莫尼、怕我無法拯救海莫尼。我害怕會說話的虎靈。

但如果我把這些恐懼一層一層剝開……我的內心深處還有某種情緒燃燒著，那是要獵捕老虎的決心。我想像自己緊抓住那種感覺，用力握緊到手心發疼。

我個子是很小，但我可不會輕易就被獵捕。

我清了清喉嚨，決定不再低聲說話。當我開口時，我的聲音堅定有力。「放出那些星星的故事，真的就會讓海莫尼好轉嗎？」

「當然，」從她閃爍的眼睛，我看出她的保證沒有半點意義。「打開罐子，聽個故事，治好妳的海莫尼。這交易很划算吧。」

玻璃罐在我手中發熱。在樓上時，罐子只是微微發著光，現在卻像是在拿著燈籠似的。也許是地下室那扇小窗透進來的光線正好打在瓶身上，或者只是眼睛的錯覺。或者是瓶裡的神奇力量，在沉睡那麼久以後終於甦醒。瓶中，我原本以為是灰塵的東西現在看起來像星星——像是一個微型銀河，塵封在玻璃罐中。

「我不相信妳。」我必須這麼說，鄭重聲明一下。我必須這麼說，因為我很清楚，無論如何，我都會答應她。

我已經厭倦當QAG了，我不想再因為害怕而什麼都不做。就這麼一次，我想當英雄。

「快啊，」她發出呼嚕聲。「妳的決定是什麼？妳接受嗎？」

我把玻璃罐握得更緊，做好準備。「我接受。」

她尖銳的牙齒閃閃發亮。

然後，我打開玻璃罐。

22

瓶塞從玻璃罐鬆脫時，發出了一聲響亮的啪，接著是輕柔的嘶嘶聲。

星光彷彿從玻璃罐裡流溢，有如整個銀河從瓶口傾瀉而出。老虎朝瓶子靠近。她閉上雙眼，鬍鬚緊貼著瓶口，然後她飲下那些星星。

各種色彩在地下室裡舞動，深藍色、橘色、紫色。有那麼一瞬間，我幾乎可以聽到海洋的轟鳴，舌尖幾乎可以嘗到海洋的氣息。

老虎喝下星星的同時，我手中的玻璃罐也變得越來越輕，直到像空氣一樣毫無重量。她喝完後，向後一退，咂了咂嘴。

「啊，」她說，「我一直都很想念這一個。」

然後她說起故事。

很久很久以前，在人類像老虎一樣行走時，在夜晚漆黑如墨時，在比太陽、月亮，甚至是星星還要久遠的以前，有個生於兩個世界的女孩。她擁有兩種外型，可以變換自如——從老虎變成人類，從人類變成老虎。

她很愛自己的神奇力量，對這兩個世界也抱持同等的愛。問題是，她必須保密。她身邊的世界分裂成兩半——人類不信任老虎，老虎也不信任人類。雙方都不想要有叛徒睡在自己的洞穴裡。

於是，這個來自兩個世界的女孩過著兩種生活。白天，她是人類。晚上，她是老虎。但是，這種生活方式恐怕會使人精疲力竭。

老虎狂野，不受控制。牠們實話實說，牠們想佔有整個世界。牠們總是想要更多。但身為人類女孩，她卻被教導她生來不該擁有慾望。她們生來是要提供幫助，是要保持安靜。

有時候，老虎女孩會混淆自己的兩種生活。她會在錯誤的時間出現錯誤的感受。身為人的時候擁有太多感覺，身為老虎的時候又心懷太多恐懼。只當人，或只當老虎，會容易得多。

更糟的是，她的祕密讓她感到孤獨。她的兩種形體都擁有親朋好友，卻沒有人真正了解她的內心。

這種生活真的很難再過下去了，她心想，但她依舊如此過活。她守著祕密，將祕密深藏於心，直到有一天，她的身體有了轉變：她要有小寶寶了。

一個誕生於兩個世界的小寶寶，生來就擁有與她相同的神奇力量——相同的詛咒。

但這個老虎女孩現在是老虎媽媽了，她很清楚自己必須採取什麼行動。她不會讓自己的孩子過著被兩個世界撕裂的生活。因此，老虎女孩請她的人類母親照顧小嬰兒，接著她便離家。她爬上最高的山，一直往上爬啊爬，直到抵達天神的所在之處。

我從未抱怨過，她告訴祂，我這麼做是為了我的女兒。我想請祢放她一馬，拿走她的神奇力量，把我們倆都變成人類，將老虎那一面永遠藏起來。

天神很不高興，祂通常不會答應請求。但她一而再、再而三地懇求。於是，天神說，好，好吧。我會答應妳的請求。我可以拿走妳和妳孩子的神奇力量，但首先……嗯……孩子必須在洞穴中獨自過一百天，不能接觸陽光。喔，她也只能吃艾草。

老虎女孩嚇壞了。她才不會把自己的孩子困在洞穴裡！還有別的方法嗎？拜託，拜託。她又不斷地懇求。

天神覺得惱怒。真是麻煩的女人。但祂心想這情況也算是自己的失誤，因為祂在無意中給了她第二種形體。於是，祂說，好，好吧，還有另一個辦法。我會將妳女兒的神奇力量藏起來，代價就是妳要幫我的忙。

其實我越來越老了。（我的意思是，我當然還很聰明、強大、帥氣等等。）但總有一天，我會需要有人接替我。

來住進我在天空的城堡，當個天上的公主，學會我的魔法。作為回報，我會答應妳的請求。

於是，老虎女孩同意了。而天神，噢，祂是如此慷慨，給了她最後一天與女兒相處的機會。

老虎女孩很難過要離開自己的寶貝，不過，她知道她的孩子會平安無事。她的女兒永遠不會因為祕密而迷失自我、不會因為祕密而感到孤單。

離開前，老虎女孩抱著孩子與她道別，她淚如雨下。當最後一滴淚從她眼中落下時，它變成一顆珍珠——這是她最終的道別，是要給女兒配戴的掛墜，就恰好懸在心骨上方。

再見，她低聲說，要平平安安。

接著，她得離開了。天神從天上降下一條繩索（或是一段階梯——看你問的是誰），她往上爬啊爬，直到爬進城堡。

住在天空國度的代價高昂，因此，老虎女孩找了一份工作——夜晚是如此漆黑，必須有人點亮才行。

老虎講完故事後，夜晚似乎更明亮了一些，彷彿天空中多了一顆星星。但這可能只是我的想像。

老虎舔了舔嘴唇，咕嚕咕嚕地喝下最後一點星塵。她閉起眼睛，彷彿正細細品嘗著滋味。

我不太能解釋這個故事給我的內心帶來了什麼感受。女孩瞞著有關老虎的祕密，不告訴家人，因為這只會嚇壞他們，這點我能感同身受。我也覺得這個故事喚起了一部分的自己——是我原先以為已經隱藏起來的部分。

我不清楚自己對此作何感想，但我很清楚我對另一件事的感受——我討厭老虎女孩離開她的孩子。「假如那個小孩需要她呢？她可以去想出其他辦法。她不一定要走啊。」

「妳生氣了，」大貓輕聲說道。

「我沒有……我不是……」我覺得自己很蠢，因為這只是一個故事。我知道我不該受這個故事影響，我也不知道怎麼會這樣。也許這就是海莫尼所說的不好的故事。

「感覺自己失控，」她說：「也沒有關係。」

「為什麼海莫尼想要隱瞞這個故事？」我手指摸索著脖子上的項鍊，捏緊上頭的掛墜。「這個珍珠……這故事和她有關嗎？這是她的故事嗎？」

「小不點，這是很古老的故事。不用擔心這個故事以前曾屬於誰，它現在屬於天空了——所有人都看得到。」她的語氣帶著某種悲傷和迷惘，彷彿這個故事的意義遠不只如此。我努力想讀懂她的表情，但老虎把頭一偏，雙眼陷入陰影中。在黑暗中，那對眼睛無法被看透，就像沒有星星的黑夜。

我用指腹摩娑著項鍊，覺得自己似乎遺漏了什麼。「那麼，現在會怎樣？海莫尼會好轉嗎？」

「最終會，」她說：「但還沒到那個時候。一切才剛開始。說出真相會帶來一些後果。」

我頓了頓。「我以為妳說這麼做就是在幫助她。」

「真相向來令人痛苦，尤其是隱瞞了那麼久的真相。一定會帶來意料之外的混亂。」她聳聳肩，想要顯得漠不關心，但她的肌肉繃緊，在毛皮下突起。「不管怎樣，明天凌晨兩點把下一個星星玻璃罐帶來給我，我會告訴妳另一個故事。喔，也帶些年糕來吧。如果我們一定得在這個空氣不流通的地下室碰面的話，妳起碼可以做到這點。」

「等等，」我說：「會有什麼後果？如果我不喜歡那些後果怎麼辦？如果我改變心意怎麼辦？」我現在才發覺，我接受了一場交易，卻不清楚代價。

她又舔了舔嘴唇。「恐怕妳別無選擇了。妳已經放出了這個故事。妳聽了開頭，但除非我們講完結局，否則妳的海莫尼無法痊癒。」

她轉身背對我，走上樓梯。她腳下的階梯沒有嘎吱作響——就好像她是空氣做成的。「在情況好轉之前會先惡化，小艾吉，」她說。她沒有回頭。「但如果妳照我說的話做，情況一定會好轉。相信我。」

23

隔天下午我宣布：「我得做年糕。」

我下樓時，媽和海莫尼都坐在餐桌旁。我加入她們的行列，重重地坐到椅子上。我努力擠出笑容，裝出好像一切正常的樣子。好像這裡沒有老虎。

「噢，很好，」海莫尼說。「好啊，小不點。我們晚點來做。」

「或是……呃……現在？現在就來做年糕怎麼樣？」

小珊癱坐在沙發上，拿著手機在眼前晃啊晃。她瞥了我一眼，挑起眉毛，但我不理她。

媽吸了口氣，臉上擠出一個假笑。「其實，我在想今天我們應該一起出去。大家一起出門去活動活動一定很不錯。全家人一起。」

「我們可以全家人一起做年糕，」我說。「海莫尼可以教我們怎麼做。」

媽的假笑變得更假了。「莉莉，那聽起來很有趣。也許等我們出過門之後再來做。」

小珊放下手機。「因為海莫尼一直拿那些紙箱的事來煩媽，所以媽一心想出門。」

媽清了清喉嚨。「才不是……」

但海莫尼對我說：「妳媽昨天移了箱子。我跟她說這樣不好，我跟她說神靈不喜歡這樣，但她當然不會聽我的。」

雖然我感覺自己頭頂上彷彿寫著：**兇手是我**，但我只是把指甲刺進掌心，點了點頭。

「無論如何，」媽咬緊牙，硬是笑著說，「那才不是原因。我只是想說大家一起出門會很好玩，因為海莫尼剛剛才在說她今天的狀態很不錯。」

聽到媽提到這點，我才發現海莫尼確實看起來很好。她捲了頭髮，甚至塗上了一點亮粉色口紅，她已經有一陣子沒這麼做了。

但這只讓我更想現在就來做年糕，趕在她又得去休息以前。

小珊聳聳肩。「我們可以去那間亞洲餐廳吃午餐嗎？柳樹街和藤蔓街街角的那間？」

我轉頭給了小珊一個白眼。不知為何，她只有在跟我的計畫有衝突時才會有興趣參與全家人的活動。

媽皺眉。「噢，真的嗎？為什麼？」

「我就想啊，」小珊說。

「只是，那個地方有點……」媽的表情像是聞到腐爛的大蒜，卻努力想保持優雅。「嗯，那家的菜不道地。」

「對啊，」我附和著。「所以我們應該要待在……」

小珊打斷我：「媽，我只是說說，建議一下而已。我只是努力想花時間陪家人。」

媽嘆了口氣。「好，好吧。只要海莫尼說好就行。」

我突然很想哭，好像一顆氣球突然間被戳破。海莫尼拍了一下手，露出笑容。

「好，很好！他們的糖醋料理最讚了，我的最愛。」

於是，一對三，我輸了。我們都要準備出門了。

但在我們擠上車的時候，海莫尼轉向我。「晚點我教妳做年糕，」她輕聲說。

「我保證。」

餐廳招牌用紅色花體字寫著「龍之百里香！」，兩隻石獅子端坐在門前，守著入口。

「我已經八百年沒來過這裡了，」媽邊說邊帶我們進去。

「他們的糖醋料理很好吃，」海莫尼又說了一次。媽嘆了口氣。

餐廳內部的牆面是一扇扇繪有粉色櫻花的日式紙拉門。紅色紙燈籠垂掛在天花板，還有一尊金色招財貓在角落招手。

但我的目光定在櫃臺正上方那幅畫。畫中是一隻典型的韓國老虎，牠的眼睛像年糕般又大又圓。老虎看起來像在笑著。

我突然覺得自己汗流浹背。這裡面太熱了。

「小珊，」媽生氣地小聲問，「妳在做什麼？」

我朝姊姊看了一眼，她神經兮兮地掃視著餐廳。她看起來忐忑不安，像是在找什麼——只是我看不出她是想要找到，還是害怕她會找到。

「沒什麼，」小珊不耐煩地回答，臉變得跟燈籠一樣紅。

有那麼一瞬間，我心想她是不是在找那隻老虎。但是……不可能。我不會讓自己懷抱那種希望。

有個跟小珊年紀差不多的女生朝我們走來。她金髮上插著筷子，眼睛又大又圓，像巧克力豆餅乾一樣。「嗨！我叫奧莉維亞，今天由我為各位服務！請跟我來！」

她帶著我們走過餐廳時，我注意到小珊面露失望，但那個表情很快就消失了。

奧莉維亞領我們入座，遞出菜單。海莫尼點了糖醋豬肉、糖醋蝦、糖醋牛肉。這還只是前菜而已。

等到奧莉維亞走遠，小珊說：「這個地方根本都是對亞洲的刻板印象！跟嘔吐物一樣噁心。」

然後她看向海莫尼，吞了吞口水，開始非常認真研究手上那份菜單。

我想到海莫尼在大馬路上嘔吐的樣子，也開始研究起自己的菜單，儘管我連一道生魚片料理都看不下去。

「我從九零年代就沒來過這裡了，這個地方也沒有變得比較好，」媽媽說。「但是，天啊，這裡勾起不少回憶。」

我問道，妳慶幸自己離開了這裡嗎？妳後悔離開嗎？妳後悔回來嗎？

不過我只是在腦中無聲地提問。

海莫尼笑出聲，晃晃自己的手指。「噢，妳們媽媽在九零年代的樣子啊。」

媽媽對海莫尼揚起眉毛。「怎樣？」

海莫尼咯咯笑。「那麼愛惹麻煩。」

媽想要表現出不高興的樣子，最後卻還是露出微笑。「好啦，隨便妳怎麼說。」

我來回看著她們倆。海莫尼之前就說過了，但我還是無法想像。媽超愛規矩。

「她做了什麼？」我問。「她惹了什麼麻煩？」

媽笑了出來。「海莫尼就跟平常一樣在誇大啦。」

我偷偷看了姊姊一眼，這就像個擲硬幣的關鍵時刻：我們現在是不是同一國？

小珊往前一傾。「拜託啦，海莫尼，跟我們說說媽的故事。」接著她對我淺淺一笑。她的笑容填滿了我的心。

我認為老虎對後果這件事說錯了，因為這是自我們搬到這裡以來，度過最快樂的時光。

海莫尼對我和小珊低聲說：「好多好多男朋友。」

「媽有很多男朋友？」我問。

媽哼了一聲。「哪有，我才沒有那樣。」

海莫尼發出嘖嘖聲。「好多好多。總是偷溜出去和他們見面。」

小珊咳了一下，像是被什麼嗆到。這是我頭一次很好奇小珊有沒有在和別人交往。我從來沒想過她可能會有男朋友。

媽清了清喉嚨。「首先，那才不是真的。海莫尼才是愛惹麻煩的人。妳們知道嗎，她讓妳們可憐的爸爸吃過泥巴。」

「什麼?」小珊問。平常，只要有人提到爸，小珊的心情就會變得陰鬱。但現在，她看起來只是很驚訝，很感興趣。就好像講關於爸爸的故事是一件很有趣的事，而非很糟糕的事。

「泥巴對他很好，」海莫尼說。她的眼神同時流露出喜悅與悲傷，看得出來她很想念他。「他總是在說故事——老是說個不停，但都沒有在思考，哎呀。泥巴能讓他腳踏實地，說話前先動動腦筋。」

媽哼了一聲。「那太不厚道了。」

「我幫他做了一杯奶昔，」海莫尼說。「一杯混進了一點點泥巴的奶昔。他把妳們媽媽帶走，那很糟糕。一點點泥巴?才沒那麼糟糕。」

小珊對我挑了挑眉，像在說：妳信嗎?我皺眉回應：海莫尼太瘋狂了。

「結果怎樣?」我問。「他有嘗出來嗎?他有發現嗎?」

媽沒理會我的問題，她轉向海莫尼。「他沒把我帶走，是我去上大學了。」

海莫尼向前傾身，大聲地說話，想要讓媽感到內疚。「她應該讀完書後就要回來，但他把她帶走了。她為了一個白人，留下可憐的海莫尼一個人。妳們媽媽當時年紀輕，太不懂事了。」

媽咬著牙。「沒有人把我帶走，」她重複說道。「我是自己離開的。我想要離開。」話才一出口，她就吞了吞口水，像是想將這段話倒帶。但她沒辦法，話收不回去了。

快樂的家庭時光就這樣結束了。我看著小珊，但她忙著摩擦兩隻筷子，好像準備要生火，燒掉一切。

奧莉維亞端來了我們的糖醋料理。「這是妳們的開胃菜！」她愉快地說道，「妳們準備要點主菜了嗎？」

「我們還需要一點時間，」媽邊說邊露出她的制式假笑。

奧莉維亞快速地點點頭，然後離開。

我們盯著食物看了好幾秒，直到媽說：「開動吧，」她傾身向前，幫我們舀了一些蝦子。

「不，不！」海莫尼大喊。她太大聲了，我們隔壁桌的夫婦快速看了我們一眼，接著又移開目光。

海莫尼把手放在媽的手上，強迫她放下杓子。「我們要等候神靈。」

媽的笑容僵住。「不要在這裡，好嗎？我們可是在餐廳。」

「妳聽話，」海莫尼對媽說。接著，她對我說：「莉莉，妳擺餐桌。」

我的掌心在冒汗。這裡真的非常非常熱。「什麼意思？」

「我們必須把告祀做完。安迪在哪？他要來幫我們。」

小珊咬著指甲。「爸不在……」她開口，但媽打斷她。

「他在上班，很快就會回家了，」她說。

海莫尼四處張望，但她的眼神卻沒有聚焦。她的眼睛像玻璃般發亮。她用韓文說了一些我們都聽不懂的話。

「媽，」我低聲說：「現在是怎麼回事？」

「記得嗎？我們之前談過這件事，」媽小聲地說。「有時候海莫尼的心神會神遊到錯誤的地點或錯誤的時間。」

如果海莫尼看到現在並不存在的東西——如果她的心神不在這裡的話——那幾乎就意味著她不再是原本的海莫尼了。

她起身走到我們的隔壁桌，一邊唱著韓文的搖籃曲，一邊拿起那位先生的盤子。那位先生放下筷子，嘴裡驚呼出聲。

媽跳了起來。「媽，不，不行。我們不需要這麼做。」她從海莫尼手中拿走盤子，還給那位先生，一面向他道歉。

「沒關係，」他說，眼神流露出同情。「我們都認識愛慈。如果有我們能幫得上忙的地方……」

但他們什麼忙也幫不了，因為海莫尼移動到桌子另一邊，拿起那位女士的盤子，放到我們的桌上。「危險就要來臨了，我們要趕走危險，」她解釋說：「這就是告祀。」

只不過這不是告祀。這是後果。

「海莫尼……，」小珊喃喃低語。小珊總是深藏自己的恐懼，努力不讓自己變成QAG。但現在，她很害怕、很安靜。

這讓一切變得更糟。

在餐廳另一頭有個小嬰兒哭了起來，哭得聲嘶力竭。我知道自己一定也曾經像那樣哭過，但現在我卻無法想像自己能那麼大聲表達出自己的感受，在需要發洩的時候放聲大叫說，我的世界崩壞了。

「媽，」我在海莫尼試著拿起另一個盤子時低聲說。「我們該走了。」

除了小嬰兒的哭聲外，整間餐廳一片寂靜。所有人都看著我們，假裝眼前這一切沒有那麼糟，假裝一切都沒事。

海莫尼把某個人的盤子弄掉到地上，盤子摔個粉碎，灑得她的鞋子都是黏糊的醬汁。一位餐廳的工作人員跑過來想幫忙，但沒有人真的曉得該怎麼辦。

然後，媽——那個擅長假裝一切正常，總是在假笑的媽——一把抓住我和小珊，同時把海莫尼往門外推。她一邊趕著我們，一邊說「走走走」。海莫尼還在大喊關於神靈、告祀和危險的事；金色招財貓不停揮手和我們道別。小珊一直低著頭。我熱到冒汗，強忍著隨時要昏倒的感覺。

接著，我們到外頭了。

在停車場，媽手忙腳亂地開了車門，她把頭砰的一聲靠在車窗上。「我把包包忘在店裡了，」她嘀咕道。「妳們兩個能去拿嗎？順便在桌上留幾張二十元鈔票買單。」

小珊待在原地動也不動，但我點點頭。

我吞了吞口水，走回餐廳。我必須這麼做，就算那裡熱得讓人難受，就算那裡的每個人都目不轉睛地盯著我，就算我並不想回去。

我一直低著頭，快速走過那些用餐的客人，然後一把抓起媽的包包，往桌上扔了錢。

我經過那幅老虎的畫，就在我幾乎要走出門時，服務生喊道：「等等！不好意思！抱歉！等一下！」

她追了過來，我並不想哭，但我感覺喉嚨彷彿被哽住，就快要哭出來了。

我不知道是因為自己付的錢不夠，還是她很生氣海莫尼打翻了食物，還是她想把我列入餐廳的黑名單。

「這些是妳們的餐點，」她說，朝我舉起了一袋外帶的食物，裡面裝著我們點的糖醋料理。

我小聲道謝，她伸出另一隻手，塞了一些東西到我手裡。是一堆硬糖果，那種餐廳會贈送的水果糖。

「噢，」我說，一邊盯著糖果看。我感覺得到每個人都非常小心不要看著我們，非常刻意不要聽我們說話。「好。」

「只是一點心意，」她輕聲說，「以前我爺爺也罹患了阿茲海默症，我知道這種情況有多困難。他老是忘記自己在哪裡，忘記我們是誰，還有……我真的很抱歉這些事發生在妳們身上。」

我想告訴她，這兩件事不一樣。因為海莫尼絕不會忘記我們。這只是釋放星星故事之後帶來的副作用。她會好起來的，所以這並不像服務生的爺爺那種情況。

但這個女生是一片好心。「謝謝，」我說，把糖果緊握在自己胸前，直到感覺不再如此心痛。

24

「女孩們，謝謝妳們幫忙，」媽開著車。我們正在回家的路上。

小珊坐在副駕駛座，海莫尼跟我坐在後座。她睡著了，頭枕在我肩上。

我盡可能不動，才不會吵醒她。

媽吸了口氣。「海莫尼上次看診的時候，診斷結果不是很好。她可能還有幾個月，也可能只剩下一星期了。這就是為什麼我想好好度過她狀態比較好的日子。我們不知道還剩下多少時間。」

媽說的話懸在空中好幾秒，抽乾了所有氧氣。

小珊爆發了。「妳在跟我開玩笑嗎？這太不公平了。我們大老遠來這裡，然後現在她就要死了？」

海莫尼在我身旁微微動了一下，但沒醒來。「小珊，安靜點，」我說。但我的聲音有氣無力。我的思緒亂成一團。

「我們來這裡是要好好陪她，」媽說。「盡可能把握我們還有的時間。」

「假如還有別的方法呢？」我問，小心地壓低自己的聲音。「假如還有其他我們能做的事呢？」

媽當然不懂我指的是什麼。「是有幾種治療方法，」她解釋說，「但那些療法都有很多副作用，而且治療也不一定有效。海莫尼對這些治療都沒有什麼意願。」

副作用。後果。為什麼希望總是有代價？

小珊說：「嗯，如果能讓她活得更久就值得了。妳就不能讓她做那些治療嗎？」

媽把方向盤握得更緊。「我們得尊重海莫尼的意願。這是她要做的決定，不是我們的。」

「對啦，但如果有我們能做的事，妳卻不做，妳就等於在傷害她。」

小珊的話彷彿把我的心切成兩半，但我沒發出任何聲音。

媽媽說：「並不是那樣。」

小珊嗤之以鼻。

「現在一切都交給上帝決定了，」媽媽說。儘管她的音調在句尾拉高了一點，彷彿這是個疑問句。

車外的世界在綠色、灰色、綠色、灰色間轉換著。我搜尋著老虎的身影，但她不在這裡。

難得一次，小珊的語氣輕柔。「如果我不相信上帝呢？」

四周悄然無聲，然後，媽說了作為一個媽媽不可能會說的話：「我不知道。」

我挪動身體，靠向海莫尼，我的手指與她的交扣。她睡得很熟，但我想像她正用拇指沿著我掌心的生命線劃過。我想像她說：現在覺得很糟糕的事，都會過去的。因為我會解決這一切的。媽不知道還有什麼辦法，而小珊什麼都不相信。

但我知道，我也相信。

如果她們幫不了海莫尼，那我會。

我們回到家。我們帶海莫尼走上門外的階梯，帶她回到臥室。小珊也遁入自己的耳機與手機世界。然後，我跟媽媽說：「我得做年糕。」

媽伸手撫過我的頭髮，親了我的額頭一下。「今天不行，寶貝。我很抱歉。也許明天吧。」

我搖搖頭。「一定要今天才行。我不能等。我一定要做。」

媽向後退了一步。面對我突然表現出來的強硬，媽有點不知所措。「明天，好嗎？我保證。我只是不想製造太大的動靜打擾到海莫尼。我們今天得讓屋裡保持安靜，不能做任何可能會讓她不高興的事。」

我不懂做年糕怎麼會讓海莫尼不高興，但媽不肯讓步。

於是當她去看海莫尼時，我打電話給瑞奇。

「嘿，」他接電話時，我說，「我可以去你家嗎？」

25

要說服媽並不難。

我一告訴她我想去朋友家，她就同意傍晚時載我過去。只要能讓我離開那棟房子，或轉移我們的注意力，什麼事她都願意做。

她在和瑞奇的爸爸確認沒問題後說：「我好高興妳有和同年齡的人來往。」這是很誇張的說法，也是媽的經典語錄。其實她只是想要說我好高興妳有朋友。

隨著我們駛近瑞奇家，城鎮的模樣也開始有所變化。房屋越來越大，油漆也越來越新。城鎮的這一邊似乎不斷擴展——好像海莫尼那一邊的城鎮逐漸萎縮、漸漸被遺忘了。

「瑞奇・艾佛瑞，」媽喃喃自語，再三核對手機顯示的地址。「我認識這一家人。」

「妳認識他爸？」我想知道他是不是一直都這麼可怕，還是是在長大過程中才變成那樣，但我不確定要怎麼開口問。

「算是。他爸爸比我小幾歲，所以我們是同個時期上高中的，但不算是朋友。不過他們家族經營造紙廠，那間造紙廠幾乎就是這個鎮的商業中心。所以每個人都知道他們。」

我知道這沒那麼重要，但還是花了點時間才接受了瑞奇家很有錢的事實。我不確定這點會如何改變我對他的看法，但確實感覺到我的看法改變了一點點。

我們的車緩慢地駛進長長的車道，經過修剪成兔子和貓咪造型的灌木。我從來沒看過像那樣的東西，因此看得入迷。只因為他們想這樣重塑大自然，他們就能這麼做。

「這還真是……沒想到，」媽喃喃說道，「是吧？」

我點點頭，抬頭望著眼前的房子。這簡直像是豪宅。兩根螺紋石柱佇立在前門兩側，寬大的窗戶覆著深色的絲絨窗簾。

如果說海莫尼的房子像一名住在山丘頂端的女巫，那這棟房子就是高級博物館的女館員，一板一眼，滿嘴的噓、別碰、退後。

我完全無法想像瑞奇待在這棟房子裡的畫面。

媽停好車，在我下車前抓住我的手。「妳想要回家時，就立刻打給我。比方說妳開始覺得難過時。我不想要妳因為開心而感到內疚，但也不想妳覺得自己必須要開心。」

我的喉嚨一緊，因此我只點了點頭。我們走到前門，按了門鈴。這個門鈴不是響鈴聲，而是放起了古典音樂。

「我不知道門鈴居然可以做成這樣，」我低聲對媽說。

她憋住笑。「我想這是巴哈的曲子。」

瑞奇的爸爸來應門。他身穿正式的扣領襯衫和卡其褲，就星期五傍晚來說，他打扮得非常體面。

我只想盯著自己的鞋子然後從他面前消失，因為我就是超市的那個女孩，但我逼自己鼓起勇氣。我抬頭看他。

他露出微笑。他看起來不像壞人，但也許他只是在偽裝自己。「妳一定就是莉莉了。很高興能正式認識妳。我叫瑞克。」

我眨了眨眼。我知道很多爸爸會以自己的名字來替兒子取名，但我還是覺得很奇怪。

媽輕推了我一下，於是我清了清喉嚨。「很高興認識你，」我用特別禮貌的語氣說。

「還有貝瓊安！」他把門推開，邀我們進屋。「好久不見了！」

「現在姓里維斯了，」媽說。她苦笑了一下，拱起肩膀。她這個樣子很奇怪。在這裡她似乎覺得自己很卑微。

我們踏進屋內——毫不意外——這間客廳就和房子的外觀一樣富麗堂皇。主色調看來是紅色，因為紅色沙發上有紅色靠枕，還有紅絲絨窗簾和帶有東方風格的紅色地毯。

「你家真漂亮，」媽說，語氣有些生硬而且客套。

瑞奇的爸爸聳聳肩，有點難為情。「這房子是我祖父母蓋的。」

我吸進一口氣，這棟房子變得越來越有趣了。「就是那個捕……」我太晚才想起瑞奇不該告訴別人關於獵捕老虎的事，所以我在話說出口前硬是將文字吞了回去。「瑞奇的曾祖父母是不是……？」我笨拙地結束這句話。現在，我真的想消失了。

他一臉古怪地看著我，但神情並非不友善，反而更像是在問孩子妳還好嗎？那是個大人都很愛露出的經典表情。

媽揉揉我的背，大概以為我在經歷午餐事件後還驚魂未定。我猜她的想法也沒有不對。

瑞奇走進房內，他戴著有貓耳朵的黑色毛帽。「莉莉！快來啊！」他說，示意要我跟他走。

「記得要回家時打給我！」媽說，同時伸出手臂，像是想緊緊抓住我，永遠不放開。

我向她微微揮了手，留下兩位家長閒聊著妳回鎮上多久了？以及剛搬回來，正在找工作。

我想要好好看一下這棟房子有多大，但瑞奇快速穿過屋內，帶我走出客廳，經過一系列……其他的客廳。

有一間客廳有液晶電視，一間客廳有撞球桌，一間的客廳是藍色的，一間則是黃色。我試著每間都偷看一眼，暗自搜尋著和獵捕老虎相關的跡象，但什麼也沒找到，只看到高級藝術品和家具。

「很抱歉房子是這種模樣，」瑞奇說。

「別道歉，房子很不錯，」我說：「像博物館一樣。」

他做了個鬼臉，我感覺很糟。我記得他對我家表達的看法，而我也不想冒犯到他。現在，我不確定他是因為覺得我家很奇怪，還是很舒適，才大感意外。海莫尼的家感覺安全又溫暖——瑞奇的家則感覺像是一弄亂就會被吼。

「抱歉，別介意，」我說，同時他帶我走進廚房。

「妳對這件事這麼熱衷，真的很酷，」他說。「妳明天也會去幫忙做海報嗎？」

我盯著他。「什麼？」

「為了烘焙義賣啊，」他解釋說。「我們不就是因為這樣才要做年糕嗎？」

「呃，」我張開嘴巴，又闔了起來。我之前只跟他說我得烤點東西，當然這就是他會得出的結論。「沒錯！對。你說……對了。」

他笑出聲。「妳好怪。」

「噢。」

「但不是很糟的那種怪，」他清了清喉嚨，看起來不確定要說什麼。「是很有趣的怪。」

「謝了，」我說，雖然我不確定這樣回應適不適當。小珊總是用一種明顯意味著很糟糕的語氣，把很有趣說成很—有—趣。但瑞奇說的時候，聽起來並不糟，聽起來很真誠。

我可以跟老虎說話。我打造神奇陷阱。也許我的確很有趣。

他用力打開一間比我們家浴室還大的食品儲藏室，裡面所有東西都用顏色分類，也都貼著標籤。「我不是很確定這裡頭有什麼，」他說。「我們家主廚都是用這些東西，但我不怎麼進廚房。」

他講到我們家主廚時，我努力不露出驚訝的表情。他們家真的很怪。「我不知道要怎麼做年糕，」我說，這才發覺自己根本沒做任何準備。

瑞奇咧嘴一笑。「我什麼都不會做！」

我用手機上網搜尋食譜，兩人開始把材料全部混在一起——糯米粉加紅糖加椰奶。只不過，麵糊不知為何看起來不對勁，有太多結塊，也太稀了，味道聞起來也不像海莫尼做的麵糊。

再加上，瑞奇沒有內餡用的紅豆泥，所以我們只好隨機應變，改用葡萄果醬。等到準備要進烤箱時，年糕看起來完完全全不對勁。

這讓我覺得自己大錯特錯。

我又開始覺得好熱，喉嚨也跟著緊縮。「這些都要丟掉，做壞了，」我脫口而出。

瑞奇皺眉。「但是……我想要……吃吃看這些年糕？」

我拿起烤盤，在廚房裡到處打轉，想找垃圾桶。「抱歉，不行。我們不能吃。年糕一定要完美才行。這些不完美。不像海莫尼做的。海莫尼現在沒辦法做年糕了，我也做不到。我就是做不到。」

「好吧，」瑞奇說。他從我手中拿走烤盤，動作很慢，好像他是在接近某種野生動物般。

我盯著烤盤。他盯著我。

「妳還好嗎？」他問。

我的目光沒有離開烤盤。我告訴他：「我海莫尼最近表現得很奇怪。我不知道。」

「噢。」

「是啊。」

他很安靜，我想這是因為他明白──他明白有時候，你就是不想談論那些讓你難受的事，你只是想讓人知道那些事發生了。

沉默似乎有點漫長。接著他開口說：「我媽做菜從來不看食譜，所以每次做出來的成果都不一樣。所以，如果妳想的話，我們還是可以試試這些年糕。就算不完美，成果還是可以很棒。」

我深呼吸，點了點頭。

年糕在烤箱裡烘烤的時候，為了轉移我的注意力，他列舉了自己最愛的二十樣食物，還一一排名（香草布丁和巧克力布丁各占一名），直到我脫口說出：「你應該更努力準備語言藝術的考試。」

我沒意識到自己的話聽起來有多惡劣，直到我看見瑞奇的臉垮了下來。但我想表達的並不是那個意思。「因為我知道你會考過，」我解釋。「你看起來真的很聰明。

你也要升七年級，對吧？所以如果你考過了，我們就會是同屆了。我們可以一起上中學。」

在這麼說的同時，我才意識到自己有多想讓這件事成真。

他抬起頭。「如果我們同班，就可以常常一起玩，一起蓋好多好多老虎陷阱。」

「嗯，也許不是蓋老虎陷阱，而是……其他事情。」

他頓了頓，希望之情在他臉上蔓延開來，他問：「妳真的覺得我看起來很聰明？」

我點頭，再次感到尷尬。「我的意思是，對啊，你記住了自己最愛的二十樣食物，還幫我蓋老虎陷阱，而且你說年糕會沒問題，你是對的。」

他咧嘴一笑，歪著頭。「嗯，我們等著看年糕烤出來的樣子吧。」

於是我們盼著結果。年糕確實不一樣，不是海莫尼做的那種年糕。

但味道嘗起來還是很好。

我希望，有好到能滿足一隻老虎。

26

我被手機的鬧鈴叫醒後，立刻按掉鬧鐘，溜下床，急切地想去和老虎碰面。我從床底下抓起那個細長的玻璃罐和一盤年糕，躡手躡腳地走向樓梯，但房間一角的窸窣聲讓我停下了腳步。

我迅速轉身，看到小珊在撥弄窗邊的某個東西。「妳的鬧鐘是在凌晨兩點響了嗎？」她問。我從瑞奇家回來後，她沒有對我說過半句話。其實自從糟糕透頂的午餐事件之後，她根本還沒開口過。

「不是，」我撒謊。

「好吧，」她說，繼續撥弄手上的東西。我看得出來她還是對我很不高興，不過我不知道原因。這一切又不是我的錯。

我頓了一下，等著她進一步質問我，但她沒有。她忙著弄自己的東西。我放下盤子和玻璃罐。「妳在做什麼？」我問。

她轉身背對我。「沒什麼，」她的語氣有點怪，好像她很猶豫不決。

我朝她走過去，靠得夠近的時候，才發現她是在床架上綁繩索。

而且那條繩索不是別的——正是我和瑞奇用來蓋老虎陷阱的繩索。「妳從哪裡拿到那個的？」我試著從她手中扯下繩索，但她使勁拉了回去。繩索的拉扯讓我的手掌發燙，我在睡褲上來回搓揉著手心。

「妳把它放在我床邊，」她說：「我想說妳已經用不到了。」

「我沒有……」我和瑞奇之前把這條繩索綁在老虎陷阱的紙箱上。但現在仔細想想，我不記得昨晚見到老虎時有看到這條繩索，只記得有看到紙箱。

小珊聳聳肩，將繩索扔出窗外。繩索在床架上拉緊，我探出窗外一看，看見繩索尾端來回晃動著，幾乎快碰到地面。「妳認真的嗎？妳要做什麼？」我問。

小珊瞪著我。「小聲點。」

「妳要做什麼？」我低聲說。

小珊聳肩。「我要偷溜出去，」她說，語氣像在說廢話。「這房子太讓人窒息了。」

我盯著她。「妳要離家出走？」海莫尼逃離了韓國，媽媽逃離了海莫尼，現在輪到小珊要逃離我們所有人了。也許她不得不這麼做。也許離家這個舉動是家族遺傳。

也許這就是我們家的超能力。

「不是，莉莉，當然不是。我天亮之前就會回家了。」小珊抓起背包，撐起自己，坐上窗臺，她背對著窗外。看著她這樣子讓我的胃一陣翻攪——只要往後一靠，她就會跌出窗外。

我的胸口感到一股拉力。那隻老虎在樓下了，我感覺得出來。老虎在等我，她很不耐煩，而且餓了。

但我不想離開小珊，也不想要小珊離開我。「妳要去哪裡？」我問。

「妳又要去哪裡？」她馬上回問。「我看到妳想偷偷溜下樓。」

我們彼此對視，我們都想知道對方要做什麼，卻都不想透露自己的祕密。

她搖了搖頭。「我們答應彼此，不要跟媽說吧。」

我遲疑了一下。「答應我，妳不會有事？」

「我會沒事的。我天亮前就會回來。」她的眼神變得溫柔。「妳也是？」

我伸出小指。打勾勾做約定。

很久很久以前，有個妹妹哭著。我怕黑，她說。

於是姊姊跟她說，我會當月亮。我會保護妳，妳永遠都不會再感到害怕了。

小珊的小指繞住我的小指，我們兩人都緊緊按了一下。然後，她抓著繩索，爬出窗外，落入了未知的世界——而我也走下樓梯。

很久很久以前，有隻老虎追著兩姊妹橫越整個世界。就在她們來到世界的盡頭時，就在老虎要撲向她們，將兩人一口吞下時，天空的一端降下一條魔法繩索，另一端則降下一段魔法階梯。

在故事裡，那對姊妹總是往上爬到安全之處。她們不應該往下爬。如果她們爬向地面——不是一起，而是分道而行——會發生什麼事？如果她們發現底下等待著的是老虎？

27

老虎來回踱步，在關不住她的陷阱裡繞圈。她繃緊的肌肉突起。今晚她的身形看起來又更大了。老虎從窗外照進的狹長光線下走過，她的毛皮看起來在發光，好像月亮在她的條紋上點了火。

我看到她時用力吸了一口氣，但覺得自己已經沒那麼害怕了。

「妳沒聽說過嗎？」我走到樓梯底端時，她身子重重一沉，蹲坐著。「絕對不要讓老虎等人。」

「抱歉，」我說，接著就在心裡對自己咂嘴。我不該向她道歉。我必須奪回一些主導權。

她發出嘖嘖聲，那聲音出奇地像海莫尼會發出的聲音。「那麼，我的年糕在哪？」

「說請。」我努力要讓自己聽起來有自信又有威嚴，但老虎給了我一個跟她尖牙一樣銳利的眼神。

「當我沒說，」我咕噥著，端出盤子。

她一口吞下所有年糕，舔了舔嘴唇，歪著頭。「真怪，」她說。「我可不會做成這樣，但還可以接受。現在，要說故事了。」

我吐了一口氣，照她說的話做——拔開星星玻璃罐的瓶塞，將星空一灑而出。

很久很久以前，當人類像老虎一樣咆哮，在一名變形者爬上天空並創造了星星之後，又過了一萬個白晝與一萬個黑夜，有個年輕女孩和她的海莫尼住在靠海的小屋。她們兩人離群索居，相依為命，過著平靜的生活。

每晚，這位海莫尼都會試著跟女孩講關於她們家族的故事，但女孩很害怕。因為那些故事感覺就像一片黑暗，像那種藏在床底下和潛伏於樓梯底下的黑暗。不，海莫尼，她說，晚點再說故事。現在先唱歌吧。

海莫尼嘆口氣。她不說故事了，開口唱起歌來。

晚安，星星，

晚安，空氣，

晚安，聲響……

海莫尼唱歌時，孫女會泡杯夜茶，抬頭凝望天空。有時孫女看著這些星星，會覺得它們好像是為了自己而高掛空中——雖然她不太能解釋為什麼她會有這種感覺。

浸泡茶葉時，女孩會一面渴望地望著那些星星，一面撥弄自己的掛墜。這是她從未見過的母親所留下來的傳家寶。

有一晚，孫女正在倒茶時，杯子從她手中滑落。杯子破裂，琥珀色的液體灑到桌上。海莫尼，我覺得不太舒服。

過來一點，海莫尼說。

於是孫女靠了過去，從桌子上探過身子，海莫尼抓住女孩的手腕。

她的手感覺比平常還要燙。雖然女孩的皮膚看起來與以往無異，摸起來卻很粗糙，像動物亂蓬蓬的皮毛。

哎呀，太遲了啊。我早該告訴妳的，早該和妳說那些妳必須知道的故事。

孫女扭了扭手，想要掙脫。當她把手抽回時，烏黑的頭髮照到了月光，因此染上了一撮明亮的白髮。

女孩在海莫尼的面前變身——她變成半人半虎。

黑魔法。她的孫女被詛咒了，就跟她女兒被詛咒一樣。

要抵抗，海莫尼說。

但女孩沒辦法。她還是變身了。

女孩覺得自己被困在自己體內。她必須逃脫。她的老虎之心開始發怒。恢復野性的她轉動著駭人的雙目，緊咬著可怕的利齒。

大海呼喚著她老虎的那一面，她非常想要嘗一嘗自由與海鹽的滋味，還想要凝望無邊無際的地平線，想要偷走星星，想要吞下整個世界。

在女孩內心某處，她很清楚這是來自她母親的神奇力量。她的母親能理解她現在的野性。

海莫尼不曉得該怎麼辦。她把孫女關了起來。

但沒有用。

一晚，老虎女孩逃跑了。她依循著母親的故事留下的線索離家了。

她跑到海邊，大海為她分出一條道路，而女孩橫越海洋，跨越了世界。

在海莫尼能追上之前，分成兩邊的大海就再次塌了下來。海莫尼心都碎了。一部分是因為她的孫女離開了，一部分則是因為她無法幫助孫女。

但最主要是因為她擔心：假如她的孫女永遠都不知道海莫尼有多愛她呢？

沒錯，她確實心碎了，但不會就此放棄。

她還愛著那個女孩。她還是想要女孩回家來。無論是不是老虎都沒關係。

因此，每個滿月的日子，她都從架上拿起一個儲藏食物用的玻璃罐，朝罐子裡低聲訴說自己的真心。她用愛填滿了那些玻璃罐，這是一種新的魔法。

她不曉得女孩去哪了，但每次滿月，她都將一個玻璃罐放入海中，希望大海會帶著罐子橫越世界。

她月復一月送出玻璃罐，直到全部都用光了。但不知為何，她依然沒有失去希望。希望是個奇怪的東西，它恆久不逝。

海莫尼相信，她的愛會找到她的孫女。

而她的孫女會找到回家的路。

故事結束後，我問：「所以，如果那女孩有那個掛墜，她是不是就是第一個故事裡老虎女孩的女兒？」

老虎望向小窗外。在光線下，她看起來有些恍惚，似乎還有點悲傷，但她轉回來看我時，雙眼落入陰影之中，顯得凶狠。「也許吧。看起來是這樣沒錯。」

「但如果是這樣的話，她就不應該被詛咒啊！天神說會治好她，祂說謊！」我有一種被背叛的感覺。故事應該要有快樂的結局才對。

她嘆了口氣。「不幸的是，天神沒那麼可靠。也許祂對治癒的見解不同。也許是祂的失誤。也或許祂沒有像自己聲稱的那麼強大——也許祂無法控制女孩的心。」

我盯著老虎。「那個孫女最後怎麼樣了？」

老虎垂下頭。「她離開了。」

「她有沒有找到回家的路？」

大貓開口時，語氣變得尖銳。「這個故事結束了。」

「那個海莫尼大可再努力嘗試，不是嗎？她們可以找出治好老虎詛咒的方法，讓一切好轉起來啊。」

老虎發出一陣低沉的怒吼。「老虎的血脈並不是問題所在。妳現在還以為問題是這個嗎？」

「這當然是問題啊。」我想到小珊爬出窗外的樣子，納悶自己是不是有一天也會離開。我想著我是不是也有那種野性——我覺得有可能。有時候我會感覺到它在體內翻騰。理解了這一點後，我對這個故事很惱火。「老虎的血脈讓她變得狂野，她才逃離她的海莫尼，結果她們兩人都很難過。這是什麼故事啊？」

「一個危險的故事。」

她的話在我耳際迴盪。「這個故事怎麼能治好我的海莫尼？」

「所謂的治癒無關乎我們想要什麼，而是我們需要什麼。故事也是一樣。」

我體內有種奇怪的感覺，像是自己被什麼脹滿，快要爆發了。我感覺就要爆炸了。但我只是說：「我需要海莫尼好起來。」

我看不懂老虎的表情。她的表情似乎帶著溫柔，也帶著一絲怒氣——還有其他情緒。「我們明天見。也別費心帶那些做失敗的年糕了。」

她朝我靠近一步，我感覺得到她呼在我肌膚上的氣息——聞起來像魷魚乾，還有一點葡萄果醬的味道。「把最後一個星星玻璃罐帶來給我，別遲到了。妳就快沒時間了。」

28

客廳一片寂靜，只有老爺鐘發出滴答聲。我躡手躡腳走過媽媽身邊，小心避開會嘎吱作響的木地板條。

我一手拿著玻璃罐，另一手端著原本裝著年糕的空盤。我走到廚房，把盤子放進水槽。小心，再小心，不能發出一點聲音。

盤子放下時發出了噹啷聲。我屏住呼吸，但媽沒有醒來。我應該要儘快回到樓上，但我還是逗留了一下，走到窗邊，舉起星星玻璃罐。

現在，玻璃罐感覺不太一樣了，它不再那麼沉重。玻璃好像在匯聚月光，把光線全部集中起來，投射進我的眼中。

「莉莉？」

我差點就摔落手中的玻璃罐。我轉過身，看到媽躺在沙發上，揉了揉惺忪的睡眼。「妳怎麼起來了？」她問。

「我只是……餓了。」我雙手在發抖，於是把玻璃罐放到流理臺上。

我等她開口問我玻璃罐是怎麼回事。等著她跟我說已經很晚了。等著她跟我解釋人在承受情緒壓力時，規律的睡眠習慣有多重要。但她打了哈欠，站起身。

她戴上眼鏡，伸了懶腰，直接從星星玻璃罐旁走過，一把打開冰箱。「妳想吃什麼？」

「嗯，」我說。

媽看了一眼冰箱裡有什麼食物，一面眨眼想讓自己清醒，然後她拿出了海莫尼用塑膠盒裝的泡菜。「這個好嗎？」她拿起盒子問。

我點點頭。我不敢開口，怕自己一開口會講出不該講的話。我瞥了玻璃罐一眼。媽太累了，並沒有注意到。

她撐起自己，坐到流理臺上，示意我一起坐上去。

我猶豫了，因為這不是媽平常會有的舉動。我有一點擔心她接下來要責罵我，但我還是躍起身子，坐到她身旁。

媽只是旋開蓋子，用手指撈出一小塊泡菜。接著，她直接把那塊泡菜放進嘴巴，咂了咂嘴。

媽把盒子遞給我。我盯著她看。現在她隨時會醒來，發現自己在夢遊，發現自己在作夢時還吃了東西，還打破了自己的規矩。

媽笑了出來。「莉莉，別再這樣看著我了，好像我長了三顆頭。」

「我只是覺得……」

她將泡菜盒又朝我推了過來。「吃吧。」

我拿起一小塊泡菜嚼了嚼，一股又辣又酸又鹹的滋味流入胃中。

也許在大半夜裡，無論發生什麼事都不算太奇怪。神靈也許會在人半夢半醒的時刻悄悄到來——而愛也是。

媽媽用手臂環抱著我，將我拉向她。「我很抱歉，莉莉，」她在我耳邊低聲說。「如果可以的話，我想阻止這一切發生，我想帶走妳所有的痛苦。但妳卻面對了那麼難受的事。我很抱歉我沒辦法保護妳。」

我咬著臉頰內側。雖然這麼說不公平，我還是想問：為什麼妳沒辦法？

但我想起那個老虎女孩，她為了保護她的孩子而選擇離開。我想到那個海莫尼叫孫女躲起來、抵抗詛咒。

那些保護的方法都沒用。最終，那些方法只讓事情變得更糟。

媽看著我，眉毛微微往上挑，好像看到了某個出乎她意料的東西——某個不太一樣的東西。

她正要開口，卻有其他東西引起了她的注意。「妳在哪裡找到那個玻璃罐？」

我的心跳亂了節奏。「呃……就是在海莫尼的那些舊東西裡找到的。」

「嗯，看起來很眼熟。」媽媽稍稍皺起眉頭。我看著她的表情，有那麼一瞬間，我覺得她似乎認出來了，但那表情隨即消失。「哎，我一定是小時候在家裡看過吧。」

她滑下流理臺，把泡菜盒蓋上。「去睡一下吧，」她跟我說，語氣輕柔。「天亮之後，一切就會比較容易面對了。」

29

因為晚上去見了老虎，需要補眠，所以我隔天很晚才起床。小珊不在房內，但窗戶關上了，繩索也捲好放在她床底下，這是好跡象。

我穿好衣服，綁好頭髮，也檢查了床底下的星星玻璃罐。我昨晚有把那個細長的罐子拿上樓，所以玻璃罐現在又全放在一起了。它們緊緊依偎著彼此，像個小家庭一樣。

我走下樓，但沒走幾步，就有尖尖的東西刺進我赤裸的雙腳。我抬起腳，發現是米——生米撒遍整個樓梯。這也太詭異了。

我撥掉那些米粒，沒有時間多想為什麼會有米，因為一下樓，我就看到海莫尼煮了滿滿一間廚房的韓國菜。

小珊在幫海莫尼，她一面自個兒哼著歌，一面把煮好的菜端上桌。看到姊姊的身影讓我鬆了一口氣。她把韓式餃子放在桌上，我幾乎能看到她在微笑。但她快樂的表情很快就消失了。她搖了搖頭。

我真希望自己知道她在想什麼。如果我知道的話，也許就能伸出手，在小珊的笑容落地、摔個粉碎之前將它接住。

媽一如往常在清理廚房，但就連她也看起來很快樂，隨著小珊手機播放的音樂搖擺——那是一首只有小珊才喜歡的歌，是一首搖滾歌曲的弦樂版本。

海莫尼看起來開心又健康，她髮上戴著粉紫相間的頭巾，臉上掛著微笑。她在為冷麵調味——那是我最愛吃的麵。海莫尼下廚時，整棟房子似乎膨脹起來，像是房子在深呼吸，細聞著她所煮的食物的香氣。

天花板看起來更高了，牆壁看起來也延伸得更寬。我走進廚房要去幫海莫尼時，木地板條好似發出飢腸轆轆的聲音。

「妳要做告祀嗎？」我問。

小珊搖頭。「沒有。我們只是要吃午餐，就我們而已。神靈會自己想辦法。」

海莫尼對我微笑。「妳餓了？」她問。沒等我回答，她就用兩隻手指夾起一小塊泡菜，拿到我面前。「吃快點，神靈才不會看到，」她低聲說。

在那個瞬間，她實在太像媽媽了，我匆匆朝廚房水槽的方向看了一眼，媽正在那裡擦著盤子。媽肯定也發現了，因為她對我眨了眨眼。

我感到很滿足，因為昨晚的事就像我們之間的祕密一樣。這樣很不錯，我和媽媽從未共享過祕密。

我吃掉泡菜，媽說：「我一直在等妳起床，莉莉。其實，我今早跟瑞奇的爸爸談過了，還有……」

「現在換妳，小瓊，」海莫尼打斷她，拿起一小塊烤牛肉，想要塞進媽的嘴巴。媽抗拒不吃，偏過了頭，但海莫尼堅持要把肉硬塞進她嘴裡。

「這太蠢了，」媽說。她跑到客廳另一頭，自己也吃驚到笑了出來。

海莫尼追著她跑，速度快得驚人。她手指捏著的烤牛肉晃來晃去。「妳吃！妳吃！」

我看向小珊，她忍不住咧嘴一笑。「她們這麼吵，都可以把這附近的所有神靈都吸引過來了，」她說，我笑了出來。

最後，媽放棄了，張開嘴巴。「天哪，媽媽，」她說，嘴裡塞滿烤牛肉。

「妳聽，」海莫尼對媽說。「神靈說妳得休息。妳別再擔心。」

媽的眉毛皺在一塊。暴風雲還沒有成形，但空氣中已經起了一點變化。「妳知道我為什麼會這麼擔心。」

海莫尼舉起手為自己辯護。「那不是我說的，是神靈說的。」

媽翻了白眼，我和小珊互看了一眼，小珊朝閣樓房間歪了一下頭。我們走吧，她用嘴型表示。

但我不想走。我想待在這裡，把快樂的時光帶回來。

「海莫尼，」我說，想要分散她的注意力，「我們還要做什麼來準備午餐嗎？」

海莫尼轉身，拖著腳步走過來，一把抓住我的手腕。「莉莉，神靈一直叫妳要注意安全。『要小心！要小心！』他們這麼對我說。」

我吞了吞口水，撒謊說：「我有啊。」我感覺到小珊在一旁盯著我看，但我沒看她。

海莫尼傾身靠近我，她的目光落在我的脖子上，看到懸在我心口正上方的掛墜。「妳從哪裡拿到那個的？」

我想把手抽回來，但她用力握住我的手腕。「什麼意思？妳把它送給我了。」

「不是，那是我的。有人送給我的，很久很久以前。我記得。」她搖搖頭，「但是我沒有送給妳。妳為什麼要這麼說？」

我不曉得要怎麼回答。小珊在這時開口，「海莫尼，妳真的送給她了。記得嗎？」

海莫尼轉過身，走向小珊。走到姊姊面前時，她用手指撫過小珊那撮白髮。「這個跟我很像，當我還在家鄉的時候。好久以前了。好久了，我一直想忘記。」

我的四肢發冷。那個掛墜。那撮白髮。兩者都曾出現在那些星星故事裡。

所以，這就是另一個後果。我還能應付多少後果？海莫尼還能承受多少？

媽在這時上前把海莫尼從小珊身邊拉開。「別嚇她們，」她低聲說。「我們該吃飯了。」

海莫尼來回看著我和小珊，一臉困惑。她的眼神沒有對焦，好像她正看向一個不同的世界。

但當海莫尼看進我的眼裡時，她的身體向後退縮。「老虎，」她低聲說，帶著怒意。

我往後一退。「什麼？不對。海莫尼，是我。」

我聽見自己的心臟在狂跳。我的世界彷彿顛倒過來，我想要從海莫尼身邊逃走。

海莫尼微微晃了一下——她頭暈了，失去平衡。

我等著她認出我是誰，等著她真的看見我。我是她的小艾吉啊，她的莉莉小甜心。

但她皺起眉。「妳是……」

我等著她說完這句話——等了又等——但她沒能說完。

然後我意識到：她不記得了。

而且不只如此，情況還要更糟——她眼中閃過一陣恐慌。她不只記不得我的名字，她不記得我是誰。

她不認識我。

她看不到我。

我的心情盪到谷底。她是一個有著海莫尼外表的陌生人。

海莫尼失去了她的記憶，那她是誰？

而失去了海莫尼，我是誰？

我啞著聲音說：「是我啊，妳的莉莉小甜心。」

海莫尼露出像媽一樣不自然的假笑。「對，我的莉莉小甜心。我……啊……我現在要去休息了。」她親吻我的額頭時，我猛然一顫。

「來吧，媽媽，」媽說。她帶海莫尼回臥室，然後在身後把門關上。把我們鎖在外面。

「沒事的，」小珊顫抖著吸了口氣。「那只是暫時的。她很快就會恢復正常。」

我點點頭，但沒辦法讓自己開口。

「圖書館！」小珊突然莫名大喊。

我對她眨了眨眼，想要理解到底怎麼回事。

「詹森今天要做標示牌那些東西，」她一把抓起雨衣，套到身上。「我們走吧。」

對。在我記憶中某處，我知道瑞奇曾提過這件事。但我不確定小珊怎麼會知道。

「妳真的想去？」

小珊看起來很困惑，彷彿她一直以來都會參與社區活動，而且不懂我怎麼會這麼問。「當然啊。我和詹森一直都有在……聊聊。妳也知道，對啊，能幫點忙很不錯。」她的目光與我交會時，她看起來很無助，「而且我現在不想待在這裡。」

我還沒能回答，小珊就已經走出門外了，我只有一瞬間可以做決定：是要留下來，還是跟著去？

我現在沒心情見人，我不想假裝自己很開心，但看了一眼海莫尼臥室緊閉的門，我做出了決定。

我無法繼續待在這裡了。

30

我和小珊到了圖書館。打開門時，我聽見音樂聲。還有笑聲。氣氛的反差讓我有些迷茫。

在圖書館一頭，詹森與一個女生和一個男生在一起，他們年紀和她差不多。三人圍著她的筆電。而在另一頭，瑞奇背對著我，和另外兩個男生坐在桌前。我不知所措，想立刻掉頭就走，但喬阻止了我。

「莉莉！」他大喊，聲音壓過正在播放的流行音樂。他臉上掛著微笑。

我朝他走去，向他介紹小珊。小珊跟喬握了握手，面露笑容，彷彿沒有什麼不對勁，彷彿我們的生活都好好的。

喬從他的辦公桌後方拿出一個杯子蛋糕遞給我。我接過蛋糕，但還是覺得手足無措。

「我在試做蛋糕，」他說。他微笑著，嘴上的小鬍子抽動了幾下。「嘗過再跟我說妳覺得味道怎麼樣。」

他是好意，但我不認為自己吃得下去。我現在太焦慮了，覺得好像每個人都看得到我額頭上寫著**我外婆生病了**。我不想面對這個世界。

詹森看到我們，她一路跳著舞過來找我們，隨著音樂扭腰擺臀。「小珊！」她的笑容燦爛，嘴角兩旁像是出現兩個括號，「還有莉莉！我好高興妳們都來了。」

她看著小珊兩秒後才開口問：「妳會弄電腦相關的東西嗎？我們在幫圖書館創電子報，想用這些新科技來嚇嚇喬。」

小珊大笑，如果不是因為她的肩膀還緊繃著的話，我會以為她已經忘了剛才發生的事了。

詹森把她拉走，於是，只剩下我獨自站在喬的辦公桌前。

這就是為什麼我不想要小珊來這裡。她一來這裡，這裡就沒有我的容身之處了。我無法待在家裡，也不能待在這裡。我無處可去了。

「莉莉。」喬清了清喉嚨，看起來一臉的擔心和不自在。「怎麼了？」

「沒什麼。我該走了，」我說。即使我根本不想回家。

喬皺起眉頭。「妳不想去找那個吵鬧的小子和他的朋友們嗎？」

我朝瑞奇和他那群朋友看了一眼，搖搖頭。

喬嘆了口氣，接著，彷彿已經對他要說的話感到後悔般，他開口說：「妳可以跟我聊聊。」

我原本沒打算要吐露心事，但他就好像說了一個神奇的咒語，於是我便照做了。「以前我還小的時候，我的海莫尼會跟我們講一些故事。我真的很愛聽那些故事。但現在，我知道了一些新的故事，它們不一樣。這些故事很可怕。我也認為它們……很危險，因為這些故事會改變一些事，讓事情朝我覺得並不好的方向發展。其實，我覺得事情現在變得更糟了，全都是因為我決定要聽這些新故事，還有……」

我發覺自己講的話根本沒有道理。我吸了口氣，補充說：「我只是很想念過去的一切。我希望一切都能維持原樣。」

我緊緊閉上嘴巴，很驚訝自己居然說了那麼多。不過，把心事說出來也讓我鬆了一口氣。我回頭朝小珊、詹森、瑞奇和其他人看了一眼——他們都很忙，而且反正音樂這麼大聲，他們也聽不到我說了什麼。

喬緩緩點了點頭。「隨著年齡增長，你知道的也會越多，而且會學會從不同角度來看待事情。所以，妳解讀故事的方法……也自然會改變。」

我雙手扭在一塊。「但是，假如這些故事不是你想要的樣子呢？」

他的眼神變得溫柔。「妳知道我為什麼會成為圖書館員嗎？」

我等著他告訴我，我當然不知道。

「杜威，」他說：「就是杜威十進分類法的那個杜威。」

我不確定他是不是在開玩笑，但他繼續說：「我喜歡秩序，喜歡系統化。全世界的所有資訊都井然有序、各安其位——我喜歡這個概念。」

他清了清喉嚨。「不過，我已經從事這份工作很久了。我從中學到的是，故事的重點不在於秩序和系統化，而是情感。情感並不是永遠都有道理可言。妳想想，故事就像……」他頓了一下，皺起眉。接著他點點頭，對自己想到的比喻感到滿意：「像水。像雨一樣。我們可以把水握緊，但水滴總是會從指間流走。」

我努力想隱藏自己的震驚。喬看起來不像是那種富有詩意的人。

他那對如毛毛蟲般的粗眉皺在一塊。「這也許很可怕。但要記得水也賦予我們生命。水連接著每塊大陸，連接起所有人。而有時候，當風平浪靜，水面靜止無波時，我們可以從水中看到自己的倒影。妳了解我在說什麼嗎？」

「大概，」我說，雖然我不是百分之百有把握。

喬的雙眼幾乎閃閃發亮。我很好奇是什麼從他指間流走了。我一直都認為他是滿腹牢騷的圖書館員，現在才知道我只看見他的一小部分。他的故事遠比我所看到的還要宏大。他擁有這樣一個人生，是我可能永遠也不會了解的人生。

「喬，謝謝你，」我說。

他望向我身後。「啊，那個吵鬧的小子正拚了命地揮手。」

我聽到身後傳來瑞奇的聲音。「莉莉！」

我轉身看到瑞奇和其他男生。「哈囉！」他笑容滿面。「這幾位是我的朋友，他們現在也是妳的朋友了。」

他向我介紹他的朋友——康納是個膚色白皙的男孩，戴著綠色的塑膠框眼鏡；亞當是個滿臉雀斑、頂著一頭紅色捲髮的小孩。

他們三人很相似。都是男生，都有一樣的膚色、一樣的身高，都有一樣用不完的精力。

把我加到這幫人裡，就好像把胡蘿蔔丟進一碗水果沙拉，卻希望不會有人注意到它的突兀。

我努力表現得像個正常女孩。我試著不要變隱形，試著假裝家裡一切安好。但我努力過頭了，忘了要做出回應。「嗨，」我過了一秒才含糊地說，硬是擠出笑容。

康納和亞當圍在瑞奇身旁，而瑞奇就站在三人的中間。這證明我是對的：大家都會想待在瑞奇身邊。

「噢，天哪！妳是怎麼拿到喬的杯子蛋糕的？」他問。

我低頭看向自己的手，我忘了自己還拿著蛋糕。我伸出手要把蛋糕遞給他。

「妳人最好了，」他邊說邊接過蛋糕，咬了一口。「這太好吃了。但我還是很想吃布丁。」

康納——就是戴著眼鏡的那位——嗤之以鼻。「布丁，瑞奇？真的假的？布丁很噁心耶。」

瑞奇搖了搖頭，有點生氣。「巧克力布丁是第四好吃的食物。大家都知道。」他朝青少年聚集的桌子那裡看了一眼，「我要去問詹森，看她有沒有布丁。」

亞當——臉上有雀斑的那位——搖了搖頭。「老兄，冷靜點。」他轉頭看我，瞇起眼睛。不知為何，他看起來很眼熟。「莉莉，妳是哪裡人？」

我的腦袋在那一瞬間一片空白。然後我說：「我住在對街那裡。」

不知怎地，我覺得那不是他想聽的答案，但他對我半點了一下頭（只是下巴輕輕點了一下）。「妳是說山丘上的那棟房子？那個女士的房子？」

「她是我外婆。」

康納的眉毛挑得老高。「那個瘋巫婆是妳外婆？」

我想告訴他，瘋不是一個理性的字，但我覺得口乾舌燥。

康納繼續說：「太酷了。我聽說……她好像會施咒語和詛咒人。她有教妳怎麼做嗎？妳會詛咒人嗎？」

我看向瑞奇，等著他為海莫尼辯護，為我辯護。但他只是又咬了一口杯子蛋糕，然後和他朋友一起點頭。

亞當說：「才不是咧，她才不是詛咒人，是幫人治病。我媽相信莉莉的外婆治好了她的氣喘，不過我媽也相信電視上的靈媒啦，所以說，誰知道呢。」我知道他為什麼看起來那麼眼熟了——我在超市見過他媽媽，他們有一樣的紅髮和雀斑。她是海莫尼的一個朋友。

康納沒有被說服。「我不知道。那個巫婆很嚇人。」

我伸手摸索著脖子上的掛墜，但很快就把手放下了。這麼做不再安全了。

「我……」內疚感緊緊箝住我的胃。我應該要為海莫尼辯護，但所有我想說的話都在空中消散。

有那麼一瞬間，我不想為她辯護。有一瞬間，我希望她是個正常的外婆，會做布朗尼，而不是醃泡菜；會織圍巾，而不是調製奇怪的韓國藥草偏方。

瑞奇終於開口了，滿嘴都還是食物。「各位，莉莉的外婆才不嚇人。她會那樣不是她的錯。她生病了，所以才會出現幻覺，是幻覺讓她有那些行為，像是怕鬼和老虎之類的，對吧，莉莉？」

地面變成了一個黑洞──像老虎張開血盆大口──我彷彿正掉入其中，整個人被大口吞噬。

他不該說出來的。

但那還不是最糟的部分。

最糟的是，當我聽到瑞奇那麼說，感覺好像那個疾病就是海莫尼的全部。好像那個疾病是她之所以為她的原因。

但海莫尼不是因為生病才做出那些事。她會做出那些事，正是因為她是海莫尼，因為她本身就很神奇。她一直以來都是如此。

現在，感覺好像她這樣是不對的。

海莫尼會買米、松子、藥草來施展她的神奇力量。她會準備食物給神靈，她也相信其他人看不見的事物。她住在山丘頂端一間覆滿藤蔓的房子，房子的窗戶像眨也不眨的眼睛。

她是潛身於小鎮之中的巫婆，像從童話故事裡走出來的人物。

她不正常。

我不正常。

我還以為瑞奇是站在我這一邊的，但他卻不是。他很惡劣，就跟那些惡劣的男生一樣，我還以為我們有機會可以成為朋友，真是大錯特錯。

我覺得好像有聚光燈打在我身上，我的雙眼開始感到灼熱。我看著地板，乞求自己別哭出來。

康納看起來不太自在，來回看著我和瑞奇。「布丁！」他突然脫口而出。「瑞奇，也許你應該去找詹森，看有沒有布丁——現在就去。」

「我去，」我說，很感激有藉口可以脫身。

我迅速走開。瑞奇在我身後叫我，但我必須遠離他們。我走過大廳，經過詹森、小珊和其他青少年，經過成排的書，走進圖書館後方的員工休息室。

後面很安靜，這股寂靜讓我鬆了一口氣。那張貓咪海報告訴我要堅持下去。

我深呼吸，打開冰箱，拿出一個巧克力布丁。

然後，我停下動作。

這太可笑了。瑞奇對我很惡劣，我也沒有為海莫尼挺身而出，沒有為自己說話，而現在，我還跑腿幫他拿布丁。

太可悲了。這是典型 QAG 的行為。

不過，我腦中突然冒出一個念頭。這念頭不知道從哪裡蹦出來，不像是我會有的想法。然而，當我站在那裡盯著布丁看的時候，那個念頭在我腦中生了根，又濃又重，宛如泥巴。

31

趁著我還沒開始質疑自己的決定，我抓起那杯巧克力布丁，把自己隱形，然後從員工休息室的後門溜出去，走進雨中。

地面泥濘，認真一聯想的話，看起來非常像布丁。

我打開封住布丁杯的鋁箔紙，小心翼翼只拉開一點點。除非看得非常仔細，否則看不出來布丁已經被打開過了。接著，我把一些布丁倒到地上，再把泥巴舀進布丁杯中。

因為爸爸講了太多話，卻沒有好好思考，所以海莫尼餵他吃泥巴。如果瑞奇這麼想要見識一下詛咒，那就讓他被詛咒看看。我的雙手懸在布丁杯上，將自己所有的能量灌注到杯中。我覺得自己的舉動很可笑，卻又同時覺得很強大。

我不是軟弱、安靜的女孩。我會捍衛自己的海莫尼。我很勇敢，而且我相信魔法。

我盯著布丁，心裡想著，對人好一點，瑞奇。開口前先思考。接著我加上，還有希望你肚子痛。後面那句詛咒是額外的。

我耳邊聽得見自己慌亂的心跳聲，我預期著詹森或喬會出現，逮到我，但四周沒有半個人，除了……

我抬起頭，看到老虎就坐在我面前，她的尾巴在雨中輕輕搖動。

「妳在這裡做什麼？」我邊問邊揉掉眼中的雨水。

「怎樣？老虎不能喜歡圖書館嗎？圖書館正好是我最喜歡的地方。」

我盯著她。「妳想做什麼？」

她聳聳肩，她身上的條紋像海浪般上下起伏。「我只是在觀察罷了，就像人類會在動物園觀察老虎一樣。」

我放低拿著布丁的手。我任憑雨水滴進嘴裡，開口道，「海莫尼今天忘記掛墜和小珊那撮白髮的事了。」

「她是忘記妳們還是想起以前的事了？」

我瞪著她，我已經厭倦了謎語。

「妳必須聽到結局……」

「然後會怎樣？然後海莫尼就會好起來？然後那些故事就不會再那麼可怕了？告訴我會發生什麼事。」

她沒有回答。

「我已經受夠了每個人都有事瞞著我。我已經受夠了大家都表現得好像我不在場，或是我不重要，或是我做不了任何事。」

布丁在我手中不斷晃動。「我不是隱形的小女孩。我不是QAG。」我迅速轉身，朝圖書館的門走回去。

「我看錯妳了，」老虎說。

我停下腳步，但沒轉身。我頸後一陣刺痛。

「看來妳終究有老虎的一面。」

我迅速轉身面對她。老虎坐著，注視著我，甩動了一下她的尾巴。有那麼一瞬間，她說的話幾乎感覺是真的。我覺得自己很強大，覺得自己勢不可擋，好像牙齒可以變成鋒刃，指甲能化為利爪。彷彿我可以挺身捍衛自己，沒有人可以忽視我。

但我才不像那隻老虎，她是壞蛋，我是英雄。我能解決所有問題，不管是瑞奇的無禮，還是海莫尼的疾病。我會讓一切好轉起來，而且我也不會要人，不會要人們乖乖等待結局，同時任憑壞事發生。

「我才不是怪物，」我告訴她。「離我遠一點。」

她磨著牙齒，發出尖銳刺耳的聲音。「如妳所願。」

然後，她瞬間就消失了。我又是獨自一人站在雨中，只有那個布丁杯還被我緊抓在胸前。

我努力把她甩出腦海，悄悄溜回圖書館裡。我靠在門上，心臟怦怦狂跳。

我不會因為她而心煩意亂。我不會質疑自己這麼做對不對。

我擰乾頭髮，甩掉雨衣上的水珠，用紙巾擦了擦臉。接著又拿了一張紙巾將布丁杯擦乾，撫平封住杯口的鋁箔紙。我對自己的成果感到驚訝，幾乎看不出來布丁曾被動過手腳。

我從其中一個抽屜裡抓起一隻塑膠湯匙，朝瑞奇那群人走去。老虎離開了，而我手裡還有巧克力泥巴布丁，我感覺比先前好多了。

「妳全身都溼透了！」在我給瑞奇布丁杯和湯匙時，他大聲說。

亞當皺眉。「妳沒事吧？」

「我只是想透透氣，」我說。

瑞奇沒聽出我語氣裡的緊繃。

他信任我。

他舉起湯匙，撕開鋁箔紙。他什麼也沒注意到。

我開始質疑自己的決定。太遲了。也許我不應該加上肚子痛那個部分。

但我沒阻止他。我就站著，看著他挖了滿滿一匙布丁舉到嘴邊，吞了下去。

那一刻好漫長。

然後他皺起鼻子。「這個布丁不太對勁。」

亞當說：「味道很怪的話就別吃了。」

「等等，」瑞奇說。他又吃了一口，點頭證實自己的看法。「對，這個布丁很怪。」

我覺得有點頭暈。我得離開現場，但現在離開的話一定會被注意到。

「我覺得裡面好像有東西。」瑞奇又吃了一口，搖了搖頭。「我不確定是什麼……」

康納從瑞奇手中搶過布丁，自己嘗了一口。「很怪，」他說。「確實很怪。」

亞當對著布丁杯皺眉。「如果你們覺得奇怪，那就別吃了。布丁的質地看起來不太對。有可能是大便。」

瑞奇的眼睛睜大。「我吃了大便?!」

我看到在圖書館另一頭的詹森一臉困惑地看著我們，所有男生現在都開始異口同聲討論起大便。

「那只是泥巴！」我脫口而出。

他們全都安靜下來盯著我看。我驚慌失措，想要隱形，但他們一直盯著我。

「那只是泥巴，」我說，音量更小了。「泥巴沒那麼糟。」

他們震驚地眨了眨眼，而瑞奇看著我的表情帶著畏懼與敬畏。「妳詛咒我，」他低聲說。

我再也受不了了。我轉身跑出圖書館，沒有看左右來車就飛奔過街道。

圖書館的大門在我身後重重關上。我聽到小珊在叫我的名字，但我沒有回頭。

我不會停下來的。我一次跨過三階，一直往上跑，往上跑，朝巫婆的房子跑去。

32

我跑進海莫尼的房子時喘得上氣不接下氣，而媽正在廚房的碗櫃中東翻西找。

「妳有看到米嗎？」她問道，但沒有回頭。「我敢發誓我們有一大袋米，但我找不到。我需要弄點東西來墊墊海莫尼的胃……」

小珊在我進屋後也衝進門來。她跟我一樣氣喘吁吁，眼睛睜得很大。「妳做了什麼好事？我是說，真的假的?!妳太讓我丟臉了！」

「讓妳丟臉？別再以為所有事都和妳有關！」

媽轉過身來，她注視著我們，眼眶泛紅。我這才發覺她一直在哭。「好了，」她說。「這是怎麼回事？」

我和小珊同時開口。

我說：「沒事。」

但小珊說：「莉莉把泥巴放進那個小孩的布丁裡。」

「小珊！」我生氣地低聲說，有種被背叛的感覺。姊妹會守密。姊妹會替對方保守祕密。

媽等著我們說更多細節，但我們都沒說話。「到底怎麼了？」媽最後終於開口問。

小珊看向我，咬著嘴唇。「抱歉，那些話就這樣說出口了……」她開了口，但媽打斷她。

「莉莉，小珊在說什麼？什麼小孩？」

我瞪著小珊，希望她可以把那些話吸回肚子裡，閉上嘴。

但話已說出來，我也無計可施了。「是瑞奇，」我咕噥說。

媽媽頓了一下。她的臉一片慘白。「小珊，」她說，語氣柔和許多。「海莫尼不太舒服。妳去拿點妳的堅果餅乾給她吃吧。我和莉莉需要單獨說一下話。」

小珊想和我對到眼，但我故意不看她。她一把抓起自己的餅乾，走進海莫尼的臥室裡。

她把我留下來面對媽媽。媽現在氣炸了。

我以前也不是沒看過媽媽生氣的樣子，只是她生氣的對象一直都是小珊。我從來沒有造成什麼問題。造成問題的人從來就不是我。

「妳當時到底在想什麼？」她問。「妳是著了什麼魔才做出那種事？」

我沒回答。我究竟該從何說起？

「不，不用回答了。算了。我很清楚那個泥巴的主意是從哪裡來的，別以為我想不到。噢天啊，我怎麼能失敗得這麼徹底？」

我很討厭每個人都認為這件事的重點是他們。我才是始作俑者，他們卻刻意忽略我。「我看到不對的事情，所以得做點什麼。」

「好，莉莉，但餵妳的朋友吃泥巴也非常不對。」媽呼出了好長一口氣。「我知道最近的日子很不好過，但我從沒想過妳會這樣宣洩。這聽起來像小珊會做的事。」

我想告訴她，也許她並沒有那麼理解小珊和莉莉，不像自己所以為的那麼了解。照她的理解看來，一直都是小珊在宣洩不滿，而我是隱形人。

也許不是只有小珊才可以生氣。也許我不想要隱形。

「莉莉，我知道妳很難過。但這不是妳啊。」

只不過……這就是我。

我變了。也許那些星星故事真的改變了我，或者是我自己主動改變的。不知道為什麼，這種改變讓我感到激動，卻也很害怕。

媽用手摸了摸自己的臉。「瑞奇的爸爸才剛給我一份工作。我今天早上原本要跟妳說的就是這件事。」

我吸了一口氣。「什麼？」

「他爸爸……」她嘆了口氣。「我們之前談到我在找工作的事，他後來打電話來，說要給我艾佛瑞造紙廠的會計職位。這實在是……能有工作，真讓我鬆了口氣，然後……嗯，這不是重點。」

我現在覺得很抱歉。但我先前不知道，這不是我的錯。瑞奇的爸爸也不會因為我做的事就開除媽。

「不管怎樣，妳必須跟那個男生道歉。妳知道，對吧？」

加州的那個莉莉會點頭，照媽媽的意思去做。但我不再只會聽命行事了。沒有人可以命令我，連老虎也不行。「但是，媽，他剛才對海莫尼很惡劣！妳沒聽到他說的話。他和他朋友叫她巫婆。他們說她瘋了，還很嚇人。他們那樣很壞，泥巴才沒那麼糟。」

媽把我拉到餐桌旁，跟她一起坐下。她蒼白的嘴唇依舊緊抿，臉和脖子也還發紅著，但一些怒氣從她眼中消退了。「聽著，莉莉。我不在現場，但我很肯定自己知道他們說了什麼。我這一輩子都是在那些閒言閒語中長大。海莫尼很古怪，不尋常，不是每個人都懂她的特別之處。」

我的指甲刮過桌面。「古怪和不尋常又不是壞事。」

她嘆了口氣。「我知道，妳也知道。但並不是所有人都這麼友善。這讓人很難受，尤其是現在。但海莫尼不需要妳為了她而在別人的布丁裡放泥巴。海莫尼需要妳陪在她身邊，把心力放在她身上。當妳做出像那樣的事情時，只是把更多精力耗在不了解海莫尼的人身上，而不是用在海莫尼身上。」

當時，我覺得自己是在做對的事。我在保護海莫尼。但現在，媽讓我覺得自己做錯事了——好像那麼做反而也傷害了海莫尼。

我的胃絞成一團，彷彿我吃了自己的泥巴布丁。「妳曾經因為她是妳媽媽而覺得丟臉過嗎？」我小聲地冒出這句話。我的心臟狂跳，幾乎和我跟老虎講話的時候跳得一樣快——彷彿問問題就跟面對野獸一樣可怕。「妳曾因為她而覺得難堪嗎？在妳小的時候？」

「喔，」媽的語氣變得輕柔。「當然。我覺得每個人有時候都會因為自己的家人而感到難堪。但比起難堪的感覺，我更為她感到驕傲，因為她真的很棒，不是嗎？」

我點頭，然後想起我和喬第一次見面的時候，喬說過的某件事。「喬，就是那位圖書館員，他說過妳和海莫尼以前很親，」我摳著餐桌上剝落的紫色油漆。「後來發生了什麼事？」

「沒什麼不好的事，莉莉。我們現在還是很親，」然後，媽糾正自己的話，我們都知道那是謊話。「我還是很愛她。」

她的手指輕叩著膝蓋。「我小時候，妳海莫尼工作很忙。我們搬來這裡後，她接了很多零工。她會找出大家需要幫忙的事，然後想辦法去做。

「我也很想幫她，這樣我們就能待在一起。我是她的小助手，跟在她身後幫忙翻譯，把所有東西都寫成英文。」

我無法想像媽媽跟在海莫尼身後到處跑的樣子。我其實完全無法想像她小時候的模樣，也很好奇她以前是怎樣的小孩──好奇她是否也曾經是QAG。如果她曾是的話，我想知道她是怎麼改變自己的。

媽說：「海莫尼在一個處處與自己作對的環境中生存。她總是很忙碌。她是單親媽媽，因此不得不這麼忙。這點讓人最難受，因為有時候她就是沒有時間可以陪我。」

我不懂為什麼海莫尼是唯一一個讓我覺得自己有被看見的人，但她卻同時讓媽媽覺得自己如此被忽視。這有可能嗎？一個人怎麼能夠同時做出這兩種相反的事情？

「然後呢？」我啞著嗓子說。我很怕接下來會聽到的話。

但媽搖了搖頭。「沒什麼不好的事，莉莉。沒什麼神奇或有趣的事，不像她的童話故事。就只是……現實生活而已。我長大了。」

我長大後不想要變成那樣，我不想要和家人漸行漸遠或離開家。我曲起雙腿，用雙手抱住膝蓋。

「莉莉，我和海莫尼的關係從來沒有結束，就只是改變了。」

「我不想要事情改變，」我說。

媽很專注地看著我，好像她需要我理解這一切。「莉莉，每件事都會改變，這很正常。不過我從未停止愛她，所以我們才會在這裡，因為我非常非常愛她，我們都是。我知道海莫尼的病發作時很嚇人，但她也愛妳。那些短暫的失憶是疾病本身，不是她。」

我想起那些泥巴，感到一陣羞愧。「我讓她失望了。」

「我也曾讓她失望過，」媽輕聲說，她的話在雨聲中幾乎細不可聞。「但我們都盡力了，這才是最重要的事。我們都在盡力做到最好。」

33

媽想要我去道歉，但她先給我反省的時間，所以我們決定明天要去道歉。

今晚，好好思考妳要說什麼。今晚，好好睡一覺，好好休息。

這應該不難做到，因為夜晚降臨時我已經筋疲力盡了。

小珊在樓上等著我。

她盤腿坐在床上，耳朵被頭戴式耳機罩住。她一看到我就扯下耳機。「我不是故意要告密的。」

我從她身邊走過，重重地坐到床上。

「但妳也得承認，」她說：「那太瘋狂了。妳怎麼會做出那種事？」

我閉上眼睛。晚點我還得去見老虎，但此時此刻，我的床溫暖又舒適。

「莉莉？」小珊在她的床上，朝我傾身，堅持要跟我說話。她聲音傳達出的情緒帶著恐慌。「妳到底怎麼了？回答我啊。我已經說我很抱歉了，妳為什麼不回話？」

我假裝自己是小珊，耳機緊緊貼著我的耳朵。我假裝自己是小珊，盯著發亮的螢幕，無視周遭的世界。我假裝自己是小珊，我不會回覆任何一句話。

如果我不能信任她幫我守密，我就什麼也不會告訴她。

我在床上蜷成一團，把毯子拉起來蓋過頭。

很久很久以前，當老虎像人類一樣行走時，有兩個姊妹……

小珊猛然吐出一口氣。「妳真的要跟我冷戰？」

這兩個姊妹愛著彼此勝過愛任何事物。勝過年糕，勝過大地，勝過星星。

「妳知道，」她繼續說：「又不是說泥巴真的能讓人腳踏實地。這世上沒有魔法，真的沒有。我們都得長大。我們不能一直相信這種東西。」

在毯子下，我盯著被子上的那些小洞。那些洞看起來就像星星，我對著其中一顆星星許願，我希望小珊別再講下去了。

但她沒有停下來。小珊滔滔不絕地說著，不管我有多努力許願，她都不住嘴。

她說：「妳以為所有事都是繞著妳打轉嗎？妳以為妳是唯一難過的人嗎？這一切都討厭死了。我討厭這裡。我討厭我們正看著海莫尼忘記自己的人生、忘記我們，而且我們還正看著她死掉。」小珊連珠炮般地說著。她深吸一口氣。「但無論怎樣，我只想要這一切快畫上句點。我想要這一切快點結束。」

她的話讓整個房間的溫度下降了一萬度。

我的心跳亂了節奏，我一把掀開被子。「把話收回去，」我說。「老天保佑我們。」

她的聲音刺耳，像碎玻璃。「我再也不相信那種東西了。」

「但妳要相信啊。妳怎麼能說出那種話？」

她沒有回答。她吞了吞口水，看起來一臉猶豫，好像知道自己說錯話了。

但她聳聳肩，轉過頭，把自己埋進她的毯子中。

我躺在床上動也不動，用力呼吸，感覺等了好幾個小時才等到小珊睡著。

等到小珊開始打呼，沒有被她發現的風險後，我就偷偷溜下樓，要把第三個星星玻璃罐拿去給老虎。小珊也許不相信，但我相信。

我推開地下室的門，踩著嘎吱作響的樓梯走下去，卻只看到空蕩蕩的房間。

老虎不在那裡。

光線從窄窗透進來。眼前只有一個布滿灰塵的地下室，放著一堆老舊的箱子。

「哈囉？」我低聲說，但這裡什麼也沒有。今晚魔法無影無蹤。

老虎說過，我們已經快要沒時間可以幫助海莫尼了，我不知道為什麼老虎現在卻不見蹤影——但我馬上就想起來了。

我叫老虎離我遠一點，而她回答如妳所願。

只不過我的意思不是別再來找我啊。現在她不見了，我不知道該怎麼收回這個願望。

34

我醒來時感覺擔憂鬱積在胸口，沉重得有如一頭老虎。

昨晚我在地下室等了將近一個小時，但是老虎沒有現身，我內心也沒有感覺到那股拉力——以前老虎在等待時，我心裡都會有一股山雨欲來的焦慮。

如果老虎因為我說的話而生了氣——如果因為我希望她滾開，她就再也不來地下室——我就得去別的地方找她。我必須在更多後果發生之前把老虎找回來，讓她說完故事。要趕在最糟的後果發生之前。

我幾乎整個早上都心煩意亂。吃完早餐後，媽媽叫我去換衣服。該去道歉了。

「妳道歉之後就會感覺好一點了，」她對我說。我知道她八成是對的，但還是花了很久的時間準備，刷了五分鐘的牙，綁好頭髮後又拆掉重綁一次。

我不是不想道歉，只是覺得不一定要現在去。我還有其他事情需要好好思考。

我在下樓前折下一小段艾草，將它塞進口袋。艾草雖然沒辦法保護我遠離老虎，但也許能保護我免於尷尬的對話。

然後我從梳妝臺拿起那頂迷彩高帽。我得把它還給瑞奇。

我緊抓著帽子，努力不去理會心裡湧起的悲傷。感覺就像有什麼事情改變了，而我再也回不去了。

媽把我推進車內，載我到瑞奇家。

「妳必須現在就去道歉，莉莉，」她說。「如果一直拖下去，就永遠不會去做了。事情只會變得越來越難、越來越可怕，然後有一天，妳會發現自己已經沒有時間了。」

我沒有回答，心不在焉地撥弄口袋裡的艾草，用摩娑艾草發出的沙沙聲安撫自己。

媽瞥了我一眼。「那是什麼聲音？」

我愣住。我不太確定媽媽對艾草會有什麼意見，但根據她對海莫尼大部分東西的反應……她對艾草的想法大概也不會好到哪裡去。「沒什麼。」

她瞇起眼睛。「莉莉，給我看妳口袋裡是什麼東西。」

為了隱瞞艾草而吵架不值得，所以我把它拿出來，平放在手掌心。

她皺起眉頭。「那是艾草嗎？」

「是啊。」

媽媽回過頭去，繼續看著前面的路。她一邊開車，一邊嘆著氣，「我想這是從海莫尼那裡拿的？」

她的語氣讓我有不好的預感，但我仍說：「對。」

「那是海莫尼正在接受的藥草療法。艾草能減少她噁心的症狀，但有些人認為艾草會引發逼真的惡夢。當然了，艾草的效用沒有經過實證，不過也不危險。這妳不需要擔心。」

「喔，」我看著手掌上乾枯的藥草。我沒有做什麼奇怪的夢，除非那隻老虎就只是個夢……

不對。那隻老虎是真的。我知道她是真的。

「我沒事，」我告訴她。「海莫尼說這是保護用的。」

媽噘起嘴，那是她決定不要再追究下去的表情。「好，只是要小心，別吃掉它之類的，」她說。接著，「我們到了。」

媽停好車，我們走過華麗的灌木叢，按了華麗的門鈴，接著，瑞奇穿著華麗的爸爸前來應門。

「瓊安，」他說，「很高興又再次見面了。」

媽苦笑了一下。

我非常、非常不想和瑞奇的爸爸說任何話，但遇到問題時，就得解決才行。尤其當那個問題是自己造成的時候。「別怪我媽媽，」我跟他說。「她是一個好員工，而且她不會做任何……奇怪的事情。」

媽媽看起來好像無法決定她是要擁抱我，還是要躲到那株兔子造型的灌木叢後面。瑞奇的爸爸露出微笑。「我明白。我知道有一個奇怪的孩子是怎麼回事。」

我不確定要怎麼回應他這句話，但就當作我成功說服他了。

「提到奇怪的孩子，」他說，接著回頭朝屋內大喊。「瑞奇，帶你的朋友去那間『密室』吧。」

那間「密室」，怎麼聽起來有點像是要殺人？但瑞奇出現時，他看起來有些難堪。他戴著純黑的棒球帽，是我看他戴過最正常的一頂帽子。

他遲疑地朝我揮了揮手，接著帶我走進那間藍色色調的客廳。這間基本上和紅色那間一樣，只是冷了幾度。我身體一陣哆嗦。

瑞奇坐到沙發上，我也在沙發的另一端坐下。沙發坐墊凹凸不平又很硬，讓我覺得自己好像應該要把肩膀向後挺，用恰當的姿勢坐好。

「這是你的帽子，」我說，將高帽遞給他。

他接過帽子，不過視線沒有與我交會。他把帽子放在我們中間。「謝了。」

瑞奇用腳趾頭戳著地毯，抬頭望著天花板，又低頭看地板——雖然根本沒有什麼有趣的東西可看。

我清了好幾次喉嚨。

再也沒有比父母逼自己與別人互動要更尷尬的事了。如果我是自己來道歉就還好，但現在這樣真奇怪。

如果從「尷尬的沉默」到「忙碌的沉默」是一個光譜，眼前這個沉默已經到了「尷尬得讓人想消失」的等級。

我逼自己開口。「我對泥巴的事很抱歉。」

瑞奇吐了一口氣。「我也很抱歉，很抱歉我們說了關於妳外婆的那些話。我是說，妳的哈蒙尼。」

我對他眨了眨眼，一臉困惑。

「我想讓妳覺得更自在，所以才用韓文，」他解釋。「但如果妳不想要的話，我就不用。我不知道妳想要什麼。妳想要什麼呢？」

「噢，」我說：「是海—莫—尼，不是哈蒙尼。不過，你想怎麼叫她都可以。」

我沒料到他也會道歉，現在我不知道該怎麼辦了。

他吞了吞口水。「我為評論了妳的文化和無法接納其他信仰道歉。是我創造了一個不友善的環境，而且……」他皺起眉頭，好像在努力記起臺詞。然後，他嘆了口氣，哭喪著臉看著我。「我真的很抱歉。我和我朋友有時候表現得很差勁。我知道我爸是這麼想的。我很確定我的老師也是，還有，妳也知道，每個人都這麼想。」

我咬著嘴唇。剛才瑞奇的爸爸看起來比他在超市的時候友善，但瑞奇會這麼想仍然很讓人難過。

他吸了口氣，繼續說下去。「但我們真的覺得妳的海蒙尼很酷。鎮上每個人都這麼認為。我真的很難過她生病了，我也很後悔我說她生病了。有時候，就算我腦袋知道不該再講下去，嘴巴還是會一直講個不停。」

我忍不住露出微笑。「謝了，」我說。我之前沒有意識到自己究竟有多想聽到這番話。瑞奇並不認為海莫尼很怪或很可怕，這也讓我大大鬆了一口氣。「我不覺得你很差勁，我也不應該給你吃泥巴。」我是真心這麼說，幾乎是。但假如海莫尼的泥巴詛咒是真的，這對瑞奇來說可能也沒那麼糟。

他聳聳肩。「泥巴含有維他命，大概吧。我還吃過更糟的。」

「噢。」

「我吃過一隻蟲，」他說。「不過只有一次而已。還有另一次，我吃了一顆絕對不是葡萄乾巧克力的葡萄乾巧克力。我還是不確定那……嗯，無所謂了。」

我等著看他是不是在開玩笑，但他很認真。我忍著不笑出來。「但我還是很抱歉。我不是會做出那種事情的人。」然後我糾正自己，「或者該說，其實我就是那樣的人？但我到現在才知道自己做得出那種事。」

「沒關係，」他說。「我們就別再互相道歉了。道歉好尷尬。」

我拉了拉自己的一根辮子。「你朋友討厭我嗎？」

他大笑。「他們覺得妳超酷的。他們一直叫妳小女巫，但沒有不好的意思喔。會做出像那種事情的人應該都值得認識一下。」

我偷偷看了他一眼，他正盯著我看，但很快就移開目光。他的臉頰發紅。

在那當下，我不覺得自己像個隱形女孩。

但我也不想要因為把泥巴放進某人的布丁裡而惡名昭彰。我納悶著，有沒有可能不當隱形人，但是是當個好人？

「我在學校會因為這件事出名嗎？」我問。

他歪著頭想了一下。「嗯，會啊。但發生下一件大事之後就不會了。」

又過了一會兒，他補了一句：「我覺得妳很棒，妳有在做點什麼來幫助妳的海莫尼。」他還是說錯了，說得像海爾蒙尼，不過他在努力了，我對此很感激。

他盯著自己的腳，開口說：「我真希望自己曾為我媽多做些什麼。」

噢，他以前會烤麵包的媽媽。在這之前，我以為自己忽視這件事會讓他好過一點。但現在，我覺得談一談可能會有幫助。「我很抱歉。她是不是……」

「她沒死，但她離開了，是去年離開的。我們從那之後就再也沒聽過她的消息。」

我思索著這樣是不是反倒更糟糕了。如果爸只是離開了，我會感覺比較好還是更糟呢？如果他沒有發生車禍，就只是一路開下去，永遠不回頭呢？我不應該這樣想，但我忍不住。這樣想很奇怪，但如果我過的是瑞奇的人生，我會成為怎樣不同的人？在另一個不同的人生中，我會改變多少——又有多少會和現在一樣？

瑞奇繼續說下去：「但我覺得，假如我有多做點什麼讓她想留下來，她就會留下來了。她是全職媽媽，她總是在教我做功課和照顧我。只是過去這幾年，我在學校的表現開始變好了，所以不太需要她教我，我們也就沒有像以前那麼常相處，也許她就覺得我沒有她也沒關係。」

「噢，我真的很抱歉。」突然間，他故意搞砸語言藝術考試和拖延家教課的行為都說得通了。

他聳了聳肩。「妳不必抱歉。每個人都說抱歉，但那一點用也沒有，因為這又不是他們的錯，他們也解決不了。」

「嗯，我知道有時候人們會覺得自己被困住了，必須要離開才行。這是他們的天性，我想我們沒辦法阻止。」我想到老虎母親與老虎女兒，想到媽和小珊，也想起海莫尼。我怕我開口時聲音會顫抖，但我還是說：「有時候，無論你有多希望人們能留下來，你就是得放手讓他們走。」

瑞奇看起來很傷心，但他給我一個真誠的微笑。「我以前從來沒有朋友懂這個道理。」

「我也是，」我告訴他。「明白這個道理會很有幫助的。」

延續這個道理的精神，我問：「你有沒有曾經覺得部分的自己正以一種你不太了解的方式在改變？」

他做了個鬼臉，我才驚恐地發覺剛才那番話聽起來很像在談青春期。我立刻澄清：「不是……算了。我的意思是，你不再知道自己應該要成為什麼樣的人。你想搞清楚自己是誰，卻不曉得該怎麼做……也很害怕自己不會喜歡最後找到的答案。」

他清了清喉嚨。「嗯，這個問題好深奧。我不知道。我不覺得我現在就需要找到這個問題的答案。可能三十歲，出現中年危機的時候才需要吧。」

「對啊，」我回應，雖然我感到一陣尷尬。我的話肯定聽起來很奇怪。

他聳聳肩。「但是，我不確定，那聽起來有點像漫畫書裡會發生的事。英雄原本就只是普通人，直到這世界突然需要他們。他們擁有某些超能力和酷炫的英雄裝，但在這些外表之下，他們還在努力搞清楚這一切是怎麼回事，他們還是會害怕。」

一綹頭髮從我的辮子中鬆脫，我把它塞到耳後。「那然後呢？他們會怎麼做？」

他聳聳肩。「就算沒做好準備，他們還是會去拯救世界。一路上他們會變得更強，漸漸了解自己是誰。」

我點點頭。就連超級英雄都沒能搞清楚自己是誰，這點令人感到欣慰。但就算還沒搞清楚，他們當然還是能去拯救世界。他們可是超級英雄啊。

「我想這就是理解自己是誰的方法，」瑞奇說。「人會做從來沒做過的事情、勇敢的事情，而當你在做那些不像你會做的事情時，就會發現自己是誰。這樣說有道理嗎？」

「也許，」我說。

他咧嘴一笑。「嗯，反正這對我們來說不重要。妳也知道，我們還不用擔心什麼是生命的意義，我們只需要擔心我們的布丁裡有什麼。」

我笑了出來。在我焦慮了這麼久之後，能夠待在一個不害怕的人身邊真好。一個相信好事會發生的人。

「等等，」我說。「再問一個問題。那麼，如果假想的老虎陷阱沒用，我接下來該怎麼做？」

他揚起眉毛。「好，我知道妳不接受用生肉，但先聽我說完……」

「噢，天啊，」我說，強忍著笑。

他繼續說下去：「理論上，沒錯，生肉過了幾個小時後就會開始發臭。而且理論上，沒錯，生肉有可能會吸引到妳不想引來的、不是老虎的生物，像是老鼠或浣熊。這些都是很有力的論點。但為了正確重建一個假想的老虎陷阱，用生肉值得嗎？我是說，也許值得喔。應該吧。對，沒錯，我認為值得。」

不幸的是，我已經試過用星星玻璃罐當誘餌了。「我不覺得誘餌會是這個問題的答案。」

他瞇起眼睛。「妳知道，這件假想的事情越來越可疑了。如果真的有老虎，妳一定要告訴我，妳知道的啊，朋友可不會讓朋友錯過遇到老虎的機會。」

「哈，沒錯。但老虎不是真的。抱歉。」我微笑，他失望地嘆了口氣。

「好吧，我想妳可以試著把陷阱設在別的地方。因為——我沒有惡意——但不太可能會有老虎就這樣……晃進妳家的地下室。我曾祖父以前參加的那些狩獵遠征都是去西伯利亞的荒野，因為那是老虎喜歡待的地方。」

我一邊點著頭一邊思考。

「不是說妳應該去西伯利亞，當然不是，」他說。「但如果妳要去的話，一定要帶我一起去。」

我咧嘴一笑。「好，我會找你。我保證。」

他的笑容燦爛。「我們會有好多好多冒險，超級老虎女孩。」

35

老虎不在。

我大半夜站在地下室，但地下室還是一樣空空如也。「妳到底在哪？」我生氣地低語。

我沒得到任何回應。

我手裡拿著最後一個星星玻璃罐，不知道該怎麼辦。我只差一點就要成功了，但沒有老虎的幫忙，我就無法拯救海莫尼，而我到處都找不到老虎。

故事不該這樣結束的——不該在英雄就要扭轉局面的前一刻結束。

這不公平。

我仔細想了一下瑞奇說過的話，他說要主動去老虎會在的地方，但那會是哪裡？這隻老虎確實就這樣走進我家。她還會去哪裡啊？

我灰心喪氣地離開地下室，躡手躡腳地走過廁所。這時，我聽到了熟悉的聲音。

那聲音像隆隆的雷聲。

我推開廁所的門看到海莫尼。她又吐了。她沖了馬桶，放下馬桶蓋，坐到上面。

「過來我這邊，」她說，我照做。我把星星玻璃罐放在地上，坐到她旁邊的浴缸。

「我聽說泥巴的事了，」她一邊說，一邊用一團衛生紙輕輕擦拭嘴唇。

我搖搖頭，我已經決定要把整個泥巴事件拋諸腦後。「我已經跟瑞奇道歉了。沒事了。」

她嘆了口氣。「妳就像個迷你版的我。我覺得這樣不太好。」

「但我想要變得像妳一樣。」

她用米紙般蒼白的手把衛生紙揉成一團。「海莫尼有時會犯錯。我的人生不太好，不要走我的路。妳的人生要更好才行。」

「但是……」

「不，不行，」她打斷我。「莉莉，我很久很久以前的生活是在一個小村莊裡長大，非常窮。我們沒有錢、沒有食物。我媽媽在我小時候就離開我們的國家，等到我有能力了，我也來這裡找她，但我找不到。這是個哀傷的故事，小艾吉。」

我輕輕地從她手中抽走那團衛生紙，丟進垃圾桶。「所以妳才從老虎那裡偷東西，所以妳才把自己的故事藏起來，因為只要想到它們就會傷心。」

她低頭看著自己空空如也的手掌心。她的雙手如此纖細又脆弱。她體重掉了好多，已經是皮包骨了。

「莉莉，我只要講起我的故事就會很難過。我們家族有很多故事都很悲哀。而且不只這樣，有太多韓國人民的故事都很悲傷。很久很久以前，日本人和美國人做了傷害我們國家的事。但我不想讓妳聽令人難過又生氣的故事。我不想把那些負面情緒帶給妳。」

聽著她這麼說，我發覺這世界上有太多我不知道的事了。有這麼多關於我們的歷史，這麼多關於我的事我不知情。但我會去了解的。

因為，雖然老虎說的故事讓我心煩意亂，我還是很高興能聽到那些故事。那些故事讓我覺得世界好寬廣，我也因此感到滿足。好像我可以聽見星星的聲音，能夠去傾聽它們的故事。

這樣說來，也許海莫尼錯了，她不應該隱藏悲傷的故事。我以前從來沒有想過她的看法會是錯的。「但是，海莫尼，也許隱瞞那些故事才不好。因為就算妳不說，那些事還是發生過。隱藏起來也無法抹除過去——妳只是把它們塵封起來而已。」

她揉了揉我的肩膀。「我覺得，最好還是忘掉。」

「不，海莫尼，我想聽妳的故事。如果妳不告訴我星星的故事，還有妳是怎麼找到老虎的洞穴……」我停下來，因為我突然想到一件事情。「等等，妳是怎麼找到那些老虎的？妳怎麼知道要去哪裡找……怎麼知道那些老虎喜歡待在哪裡？」

「我去牠們保管故事的地方，去山頂上。」

我吐出一口熱氣。西伯利亞。山頂上。這些資訊都幫不上忙。

我把身子挪近她，內心很著急。「那隻老虎來找我了，海莫尼。她說如果我釋放所有的故事，如果我打開所有星星玻璃罐的話，妳就會好起來。」

她皺起額頭。「妳在說什麼？什麼『星星玻璃罐』？」

「這個。」我跳起來，把玻璃罐從地上拿起來給她看。「妳從老虎那裡偷走星星後，就是把星星放到這個玻璃罐。」

她搖了搖頭，瞇起眼睛。她的神情就像是她的記憶中有什麼東西遺失了，她無法找回。「不，小不點。我想我是在這裡買到那些罐子的，從跳搔市場買的。」

「跳搔市場？」我眨了眨眼，想要解讀她說的話。然後，「妳是說跳蚤市場？妳在跳蚤市場找到這些罐子？在陽光鎮的跳蚤市場？」

她點頭。「對，對，跳蚤市場。在海邊的那一個。」

「不，」我說。我抓著星星玻璃罐，把它拿近她的臉，好像這樣可以逼她想起來。「這些玻璃罐是從韓國帶來的，妳在裡面藏了有魔力的星星故事，再藏到紙箱裡。所以妳才會那麼擔心，不敢移動那些箱子……因為這些玻璃罐有魔力。」

「每樣東西都有一點魔力，」海莫尼緩緩地說。「不過這些就只是玻璃罐。」

我搖了搖頭。也許她現在又暫時失憶了，因為這完全說不通。「這些星星玻璃罐有魔力，一定有的。」

「莉莉小甜心，」她喃喃說道。她的雙眼清澈明亮，不像她失憶時看起來那樣渙散。但我不懂，我不懂怎麼可能會這樣。

「我把前兩個玻璃罐打開了，老虎也跟我講了故事，」我說。「現在只剩一個了，等我聽到結局，妳就會好轉了。我可以救妳。」

「哎呀，」她握住我的手，撫摸著我手掌上的生命線。她總是這麼做。「莉莉小甜心，我不需要誰來救我。我不再害怕了。」

「但這個方法會有效的。那隻老虎說……」

「老虎很狡猾，老虎說的事未必是我們想要的。」

我搖搖頭，我不想聽她用這種含糊不清、打啞謎的方式講話，跟老虎一樣。我想要她把我說的話聽進去。「妳沒有聽懂，這是妳最後的機會了。我必須這麼做。妳得好起來才行。」

她的眼睛深邃而幽暗。「不，妳別再說了。妳仔細聽。這就是結局，莉莉。我的時候到了。」

「但是，妳不能就這樣放棄啊！」我從她手中猛然抽回我的手。她不能講這麼可怕的事，還一邊假裝安慰我。

她低頭。「在我還小，而且很想念媽媽的時候，我一直覺得她很殘忍。她離開了我。我以前好生氣啊，但我現在懂了。有時候，就算不想，還是必須離開自己的孩子。有時候，妳知道時候到了。」

「但時候還沒到啊！」我的聲音變得嘶啞，但我依舊大喊著。「妳要繼續撐下去！妳應該要堅強才對啊。」

海莫尼皺眉，好像我們的對話讓她的身體感到痛苦。「我已經撐太久了。我不要再繼續下去了。」

我緊閉著眼睛，用力到我在眼皮上看見星星一顆顆迸發。「但我這麼努力，我就快成功了。這一切一定要有意義才行，一定要有快樂的結局……」

「去睡覺吧，小不點，」她輕聲說道。「別再這麼做了。」

36

我手中握著藍色小玻璃罐，上樓朝閣樓的房間走去。玻璃罐很沉重，跟我的心情一樣。

我一直都很勇敢。我一直都很堅強。

結果全都是白費力氣嗎？老虎消失了，海莫尼也完了。

如果她早就放棄了，我為什麼還要那麼努力？

「妳在哪裡？」我走到樓梯頂端時輕聲低語。

小珊今晚又偷溜出去了。少了她的打呼聲，整間房間很安靜。少了老虎，屋子感覺更空曠了。

我沒有得到任何回應，於是我把床底下兩個空的星星玻璃罐拿出來，將三個罐子全抱在懷中。我的心臟在胸口怦怦跳。我四周的牆壁似乎也砰砰作響——那是種帶著怒氣的重擊，好像整棟房子對海莫尼很惱火。

「我把這些罐子帶來給妳了，」我大聲呼喚著消失的老虎。「妳說妳會幫忙的。」

除了那個重擊聲之外，房間依然一片寂靜。我好生氣。

我更大聲地喊道：「妳怎麼能消失？妳怎麼能就這樣丟下我一個人？」

四周的重擊聲變得越來越大聲，現在聲音是從窗戶那邊傳來。我轉身，以為能見到老虎——結果卻是小珊。她的頭突然出現在窗外。她撐起自己、翻進房內。她滿臉通紅，氣喘吁吁的。

我這才發覺那個砰砰聲是她造成的，那是她沿著繩索爬上來時的聲音。

她甩下背包，把它丟到地板上。背包沒有拉好，有個塑膠袋從裡面滑了出來。袋子看起來好像裝滿了米，但在月光下我沒辦法確定。

小珊努力讓呼吸平緩下來。「我跟妳說過，我只是需要出去一下。我沒有要丟下妳。」

「我剛才不是在跟妳說話，」我說。

她瞇起眼睛，歪了一下頭，盯著我懷裡的玻璃罐。「妳是從哪裡找到那些花瓶的？」

「這不是花瓶，是……」

她挑起眉毛，看著我，就像我是有史以來最古怪的小孩一樣。

「算了。」說實在的，她怎麼敢現在進來房裡？她怎麼敢聳個肩，一臉無所謂地看著那些玻璃罐？她怎麼敢在我那麼在乎的時候，表現得那麼漫不經心？

我完全沒打算要這麼做。我其實沒有好好想清楚。但是……

我拿起綠色玻璃罐，丟了出去。罐子撞在牆上，被砸得粉碎。

小珊尖叫。「妳在做什麼？」

而且你知道嗎？把罐子打破讓我感覺很好。

這一切都讓我難以承受——那些希望、恐懼和力量，那些故事、後果和未來的不確定性。要把那些都壓抑在我心裡，我真的承受不了。

我舉起那個細長的罐子，砸向牆壁。看它一樣被摔得粉碎，讓我內心感到輕鬆了一點。

「住手，」小珊大喊。「住手。」

「我努力想幫她！」有人在大喊著，她太大聲了——然後我才意識到那個人就是我，不過聽起來很不像我的聲音。

那聲音聽起來好像我著了魔，或被詛咒了。

我就像雷與閃電一樣，我失控了。

只剩下藍色的小玻璃罐——那是最後一個了。那個還裝著最後一個故事的玻璃罐。

這是我最後一個機會，是海莫尼的最後一個機會。

我得在為時已晚之前把它交給老虎。只不過問題在於……假如……已經太遲了呢？

而且，假如這一切打從一開始就沒有任何意義呢？假如那些不可能的事——會說話的老虎、收藏星星、拯救海莫尼——真的是不可能發生的呢？

也許這一切終究只是艾草引發的夢境，或是壓力造成的心理反應。也許玻璃罐就只是玻璃罐。也許是我太希望一切都沒事，才會編出這些事情。

我扔出最後一個星星玻璃罐。

它徹底粉碎。

37

之前，在五年級的天文課，我們學到了恆星、星系和黑洞。但我最愛的是超新星——爆炸的恆星，它的規模大到超乎想像。那是一股無窮無盡的強大力量，就像太陽將自己吞噬殆盡。

現在，我在這裡創造出自己的超新星。在牆上摔得粉碎的藍色玻璃罐彷彿成了超新星。我再也壓抑不住自己……那些恐懼、那些憤怒、那些失去的希望……

有人抓住我的手臂。我抬頭，看見媽媽。她的雙眼流露出恐懼，但她的手臂環住我，將我緊抱懷中，讓我不致於崩潰。

小珊的臉色蒼白，她的背部緊緊抵著牆。我很想知道她看著我時究竟看到了什麼。我不再是QAG了，那我看起來會是什麼模樣？也許是個瘋狂的女孩。半人半虎的女孩。

雷與閃電消失了，只有雨還在下。我喘不過氣。「我只是想要幫忙，我想要相信。」

媽緊緊抱住我，但我試圖把她推開。她把我抱得更緊，我掙扎得更用力——後來我不再試著推開她了，就讓她抱著我。

「沒事了，」她說。

腳步聲沿著階梯砰砰而上，海莫尼的身影出現在門口。她看起來很蒼白，人憔悴得像乾燥的艾草。她的身子搖搖晃晃，沒有辦法站穩。

「女孩們，」她輕聲說道。

然後她倒了下去。

38

「小珊，」媽厲聲喊道。「手機！」

小珊在口袋裡胡亂摸索，她將手機遞給媽媽時雙手還在顫抖。接著她跪在海莫尼身旁。

我站在一旁，盯著海莫尼的身軀，看著小珊檢查她的脈搏。

我覺得難以呼吸。我現在知道了，讓一切分崩離析的並不是大爆炸本身，而是緊接在後的那一片寂靜。那感覺並不是撕心裂肺的悲慟，不完全是。

那感覺更像是心逐漸崩潰的過程。好像我還在努力讓自己的心保持完整，但我握得越緊，它崩裂得越快。

不斷碎裂……碎裂……直到只剩下那些小小的碎片，我再也無法拼回一顆完整的心。

我交叉雙臂環抱住自己。媽正在叫救護車。她大聲唸出海莫尼家的地址，接著說對、對、對，拜託，拜託了。她講話聲音急促。一掛掉電話，她就跪到地上，把手機丟到一旁，整個人撲到海莫尼身上。她喃喃說著什麼，但我聽不清楚。

我緩緩靠過去，想聽她在說什麼——卻又很怕自己會靠得太近。小珊抬頭看我，媽說的字句模糊成一團，對不起，對不起對不起。

這都是我的錯。我不該讓海莫尼那麼焦慮不安。海莫尼可以有軟弱、想放棄的時候，但我應該要一直很堅強才對。

醫護人員抵達，他們迅速將海莫尼抬上擔架，搬出閣樓，離開屋子，沿著無止盡的階梯往下。我和小珊跟著媽媽走到客廳，但她把我們攔下。

「在這裡等著，」她對小珊說。「看好妳妹妹。」

接著她跑出去，追在海莫尼身後——兩人都離開了，被一閃一閃的警示燈和警笛載走。

我和小珊被留在一片寂靜之中。

我們用手臂環抱住自己，靜靜站著，盯著窗外空蕩蕩的街道。

「我們的家破碎了，」小珊說。

是我打破的，我沒說出口。

「她會沒事吧？」我反而這麼問。

雨水打在窗戶上。

小珊終於開口時，她眼中泛起一絲淚光，像星星般閃爍。「假如這是我的錯呢？」

「什麼意思？」打破玻璃罐的人又不是她。

「我說了我希望她早點死掉。我沒有請老天保佑。」她的胸口一陣劇烈起伏。「但我不是真心的，我很努力想收回那句話。我一直在晚上撒米，因為海莫尼說那樣做可以保護我們，但撒米也沒有用啊。」

我的心揪緊。那些米——小珊背包裡的米，和撒在地上的米——現在都說得通了。所以她晚上就是在做這些事。小珊依然相信，即使她曾想拒絕相信。

她也懷抱著希望，我卻沒有意識到。

「不是妳，」我低聲說。「那不是妳的錯。」

她用手摸了摸自己的臉。「我們應該跟去，對吧？應該跟著她們去醫院？」

但跟著她們去醫院似乎就是在承認……這就是結局了。「媽叫我們待在這裡，」我說。

小珊不理我。「我來打給詹森，她會載我們去。」

「詹森？」我問，我完全搞不清楚狀況。詹森確實人很好，但她幾乎不認識我們啊，而且現在是大半夜。

小珊打了電話，但被轉接到語音信箱，於是她掛斷。「她應該還在開車。她開車的時候不會看手機。」

「詹森為什麼會在開車？她應該是在睡覺。」

「她剛剛還在幫我撒米，」小珊說。「她一直都在幫我。」

「噢，」這些事情我完全不曉得。

小珊望向窗外，看著雨。「莉莉，我想我得開車了，對吧？」

「如果妳害怕的話，就不必開，」我說。「但如果妳準備好了……對，我想我們應該去找她。」

我知道小珊跟我一樣害怕。但我也知道她終究會鼓起勇氣，因為她是我姊姊。

小珊吞了吞口水。「妳準備好了嗎？」

我點頭。

小珊從廚房流理臺抓起媽的車鑰匙。我猛然推開前門，暴風雨在我們面前一陣呼嘯。

然後我們跑下階梯。一直往下，一起往下。

39

大雨持續下著，我們幾乎看不到路面。

小珊開得很慢。她的身體往前傾，手緊抓著方向盤，瞇起眼睛看著前方的道路。

我們龜速前進，直到小珊開始發抖。她把車靠到路邊，停了下來。

我們還沒有開很遠。我們才到圖書館正前方，剛開出海莫尼家的車道。

「怎麼了？」我問。

她還在發抖。「我知道媽很氣我不開車，但每一次我坐上車，我就會想到爸。」

我們得去醫院，而且要盡快。但小珊不想開車，我也不會逼她開。

小珊用我幾乎聽不見的音量輕聲說：「我沒辦法再經歷這種事了。大家老是說離開的人會活在記憶中，但我們沒辦法記得所有事情。而如果我們沒辦法保留那些記憶，那就結束了。你愛的那個人就消失了。」

當關於某個人的回憶都消逝後，那個人還剩下什麼？如果海莫尼和爸爸的故事從我的回憶中淡去，如果我從來都不知道那些故事，海莫尼和爸爸還會存在我心裡嗎？「我不記得爸，」我跟她說。

「那不是妳的錯。是我不該忘記，因為我當時夠大了，應該要記得他，」她發著抖，吸了一口氣。「爸死後，我列了一張清單，每天晚上我都會背誦清單的內容。就是那些關於他的小事情，妳懂嗎？

「像是他常把指節折得喀喀響。每次吃泡菜他都會眼眶泛淚，卻還是堅持要吃。他每晚睡前都會為我們朗讀他最愛的繪本，就算我已經長大，已經過了聽那些故事的年紀了。」

我盯著她。她之前從來沒跟我說過這些事。有一瞬間，我覺得自己好像想起了什麼，就像是心裡有隻老虎抬起了頭。我記得爸唸書給我們聽——他讀著《如果你給老鼠一塊餅乾》、《野獸國》和《晚安，月亮》。

我能聽見他唸著故事裡的一字一句，他的聲音就在我腦中某處迴盪。爸在那裡，他幾乎就在那裡。

「我好怕會忘記，」小珊說，聲音變得嘶啞。「但我一定已經忘了一些事。我知道我忘了。」

「妳為什麼不告訴我？為什麼不跟我分享那張清單？」也許我原本可以透過小

珊認識爸。我可以幫助小珊記住他。

接著，小珊，我那天不怕地不怕的姊姊，我那伶牙俐齒的姊姊，哭了起來。一開始她只是靜靜地哭，眼淚緩緩地淌下。接著她的淚水潰堤。「我不想要分享。就好像，如果我跟妳說了所有有關爸爸的故事，它們就會消失了。它們就不再屬於我了。」

「故事不屬於任何人啊，」我說。「它們原本就該被說出來。」

也許講出故事和訴說真相是很可怕的事——但我寧願面對這些故事也不願逃避。

我吸了口氣。現在換我說可怕的事了。「我看到一隻老虎，她對我說話，還說她可以治好海莫尼。我之前真的相信魔法存在，但現在，我好怕魔法不是真的。也許是我太希望海莫尼能好起來了，我怕這一切可能就像妳說的，只是應對壓力的心理反應而已。我以為我可以當英雄，可以不用再當ＱＡＧ了。」

小珊抹掉臉上的黑色髒汙。「ＱＡＧ……那件事很愚蠢。我不該把那種刻板印象套在妳身上。我也不該說那隻老虎不是真的。也許我錯了。也許，老虎確實以某種形式存在。我想要相信這點，也許我們都必須相信。」

她眼中閃著淚光。「這就是我一直很欣賞妳的地方，妳不會放棄相信魔法。我也不該要妳放棄。」

我望向擋風玻璃外。已經是最終的結局了，現在抱持希望還有什麼意義？小珊無法在雨中開車，我們被困在這裡。海莫尼奄奄一息，而我們無法到她身邊。

「莉莉，」小珊說。「還記得妳問我關於那個老虎故事嗎？妳問我，我會不會逃跑？」

我閉上眼，點了點頭。

「我想讓妳知道，當我們逃不了時，當妳必須挺身面對的時候——我都會在。我會支持妳。」

我忽然有種滿足的感覺。我們是太陽和月亮，我們準備好要鼓起勇氣了。有時候，去相信就是最勇敢的事。

但這些都不重要。小珊還是不能在雨中開車，我們被困住了。海莫尼命在旦夕，我們無法到她身邊。

沒錯，我們陷入困境了，但接著，一段記憶浮現在我腦海中。

我有點子了。

40

瑞奇說要去老虎喜歡的地方。海莫尼也說過，她去老虎收藏故事的地方。

而我在做泥巴布丁時，老虎說圖書館是她最愛的地方。

圖書館，故事的家。

「妳在這裡等我，」我跟小珊說。接著我衝出車外，跑向圖書館。

大門鎖著。現在是大半夜，當然會鎖著。但我不會因為這樣就放棄，不會在這種緊要關頭放棄。

我試著要打開圖書館的一扇窗戶，但打不開。正當我覺得無助的時候，我回想起媽媽在海莫尼家門外的樣子。

成功機會不大，我很清楚，但我還是敲了敲窗框一側，手沿著窗臺摸索，接著用拳頭重捶玻璃正下方。

我屏住呼吸，心裡想著拜託。接著，我用力一推。

有如奇蹟般，窗戶打開了。

小珊大聲喊著我的名字，我轉身，看到她站在我身後。「我跟妳說在車裡等啊。」

她瞪大眼睛看著我。「妳在開玩笑嗎？妳要闖進圖書館，我卻應該要在車裡等？」

「拜託，我只是……我得自己一個人做這件事。不會花太多時間的。」

她緩緩搖了搖頭。「如果妳要闖進某棟建築，我卻只是袖手旁觀，我根本就是史上最爛的姊姊……」

我向前傾身，緊緊抱住她。她嚇了一跳，沒再說下去。「妳是最棒的姊姊了。但我需要妳在車裡等，隨時準備好出發。就相信我吧。」

她的手拂過頭髮。「我的天。好。好，可以啦。我會在妳要逃跑時當妳的駕駛，就算妳很清楚我沒辦法在雨中開車。」

「謝謝妳，」我說，然後撐起身體翻過窗戶，跌進圖書館裡。

「拜託，妳要在這裡啊，」我進到室內後就低聲說。

館內很暗，但我是小艾吉，我是太陽，黑暗再也嚇不到我了。

我左彎右拐，穿過一排排的書架。「哈囉？」

我的胸口一緊。我還以為老虎會在這裡。我那麼有把握。然而，圖書館一片寂靜。

「哈囉！」我再次呼喊。我受不了這股死寂，我將最靠近我的書架上的所有書一掃而下，書本砸到地上。「求求妳出來吧！我需要妳幫忙！」

「好啊，行，」是她的聲音。我轉身，看到我的老虎躺在角落。她把頭枕在腳掌上。

「妳出現了，」我輕聲說。我幾乎就要哭出來了。我覺得自己很可笑。她可是一頭駭人的野獸，但見到她的感覺太好了。還有希望。

「妳欠我一個道歉，」她說。「我不是怪物。妳不能希望我消失，好像我是惡夢一樣。」

「對不起，」我說。「我不知道妳到底是好是壞，我也不知道自己是不是在做對的事。」

我決定跟著直覺走——這想法剛剛才形成，但它就像黑暗中的一點星火，一個希望。我決定要勇敢起來。「那晚從超市回家的路上看到妳，我注意到一件事。我之前沒有好好思考過這件事，但……雨好像不會落在妳的四周。當時我以為妳是來傷害海莫尼的，但現在仔細想想……也許妳站在雨中，是要為我們指引回家的路。」

她沒有回應。我用力吞了吞口水，繼續說：「我真的希望我說對了。我真的希望妳有那種神奇的力量，因為我需要妳幫忙。」

她緩緩起身，我覺得自己聽到她的骨頭喀喀作響，但那也可能是外頭的樹木在暴風雨中劇烈搖晃發出的聲音。「跟我來，」她說。她領著我穿過書架，走出圖書館。

我跑回車上，用力關上門，扣好安全帶。「我想，她要我們跟著她走，」我說。車外，老虎邁步走到我們車子前方，她緩緩轉過身，背對我們。她的尾巴來回輕晃，幾乎要碰到路面了。

她往前跨步，動作緩慢到像是慢速播放般，好像她時間多的是，一次動一隻爪子、一個腳掌、一條腿。她向前走時，她身後的雨變小了。雨並沒有完全停下，但現在只剩一點毛毛雨而已。

除了老虎為我們開的路之外，其他地方的雨還是很大。

我不懂天氣型態，也許這可以用雲啊風啊之類的來解釋吧，但眼前的景象感覺是另一回事。這感覺像魔法。

「妳說的她是指誰啊？這是怎麼回事？」小珊輕聲說，她的雙眼睜大。小珊也許看不到老虎，但她看得到只下著毛毛雨、專為我們開出來的道路。「是那隻老虎嗎？」

我遲疑了一下，然後點頭。

「我看不到她，」她低聲說。她的語氣帶著懷疑與恐懼——但藏在這些情緒之下的，是一絲渴望。小珊拉了一下自己那撮白髮，將它塞到耳後。「為什麼我看不到她？」

我以前從不了解為什麼小珊對海莫尼的傳統，和對神奇的力量會這麼生氣。但現在我認為，那是因為她非常想要參與其中。也許她是害怕自己無法融入，所以才抗拒一切。

我伸手解開我的項鍊，傾身向前，將項鍊扣在她脖子上。這是多一層保護、多一份愛。也許她會需要。

「我們會沒事的，」我告訴她。「有時候，相信就是最勇敢的事了。現在開車吧。」

41

我的老虎領著我們到醫院。

「剛剛那是……妳……，」小珊邊說邊停車。但她又搖了搖頭。沒時間多說了。

我們跑下車，經過老虎身旁，穿過自動門進到醫院內。

醫院很冷、很明亮。醫用酒精的味道很刺鼻，好像想替我的鼻腔消毒一樣。在這裡，一切都很乾淨，所有事情都受到控制。外頭狂風暴雨又有老虎，但在裡面，大自然碰不了我們。

小珊跟急診室櫃臺的人交談幾句後，一名護士帶我們穿過醫院，走過左彎右拐的白色走廊。

她送我們到海莫尼的病房。

媽媽在海莫尼身旁蜷起身子，和她一起躺在床上。她的身影擋住我們的視線，我們看不見海莫尼。我聽見媽媽低聲說：「你要什麼我都給你，就是不要帶走她，時候還沒到啊。」

我不知道她祈求的對象是神，是老虎，還是介於兩者之間的神靈。

小珊敲了敲敞開的門。媽媽抬頭時，我以為會看到她發怒的樣子，因為她要我們待在家裡，小珊卻在只有學習駕照的情況下一路開車來醫院。我們違規了，而且更糟的是：我們違反了媽媽的規定。

但媽媽已經累到沒力氣責罵我們了。「我本來想盡快打電話給妳們。情況看起來不太好。」

我想問她是什麼意思，但我其實不想聽到答案。況且，我想我心裡有數了。

媽媽示意我和小珊進去病房內，但我待在門口。

在醫院病床上的海莫尼看起來好瘦小，她的臉在淺藍色的被子下顯得蒼白。她戴著細細的氧氣導管，但仍然圍著有亮片的頭巾，讓她即使是在這種情況下，看起來還是光鮮亮麗。即使她現在看起來病了。

不對。

不能說病了。

海莫尼在廁所嘔吐，是病了。小珊得流感的紅鼻子，是病了。我被鏈球菌感染時發痛的喉嚨，是病了。

現在這不是病了。這是不會再好起來了。

海莫尼看起來快死了。

我還沒準備好。

我後退了一步。海莫尼睜開眼睛，她看到我們。「小珊，」她說。她的聲音很輕。「我先跟小珊說說話。」

小珊尖聲說：「我？真的嗎？」

海莫尼虛弱地點點頭，小珊趕緊跑到她身邊。

媽走向我。「來吧，我們去自動販賣機買點零食來吃。」

我跟著她走出病房，但醫院明亮的燈光和特有的氣味讓我頭暈目眩。我不想待在海莫尼將要死去的地方。

媽走在前頭，以為我會跟著她走，但我讓自己隱形，朝反方向走，遠離媽媽和海莫尼。我彎來彎去沿著走廊向前，直到我走出自動門，終於能好好呼吸。

我站在醫院入口外的遮雨篷下。在我面前，老虎蹲坐在雨中。我之前就有預感她會在這裡等著了。

隱形女孩和隱形老虎。我們很相配。

「我想我知道那些故事是怎麼改變我的了，」我跟她說。

她的耳朵抽動了一下。「怎麼改變的？」

我吸了一口氣。「那些故事讓我同時渴望截然相反的事。我不知道自己怎麼能同時有這麼多感受，也不知道哪些感覺和渴望才是對的。」

「莉莉，妳想要什麼？」

我的心臟狂跳。我內心又再次出現那種脹滿的感覺，就要爆炸了。然後我說：「我希望海莫尼能活得更久，卻也不想讓她再痛苦下去了。

「我還想要……」我的聲音變得嘶啞，我以為自己無法再說下去了，卻還是繼續說著，「我想要回到病房陪海莫尼和我的家人，卻也想逃得遠遠的。」

我喘了一口氣。雨持續下著。

我告訴她：「我好討厭自己想要這麼多東西。我懂為什麼老虎女孩要乞求天神治好自己了。有這麼多感受，真的太難熬了。」

老虎移動身體的重心，她身上的條紋閃閃發亮。「老虎女孩錯了，莉莉。後來，她其實還挺喜歡自己的老虎形態。而現在，她知道自己並不是只能擁有一種模樣。如果妳夠堅強，心中就可以容納不只一種真相。」

我搖搖頭。「那麼，我不堅強。我還沒準備好要迎接海莫尼故事的結局。我沒辦法面對。」

「莉莉，我跟妳說過我會治好我的愛慈，但治癒並不一定是指治好疾病。有時候，它指的是『理解』。當妳去面對自己完整的故事，就可以全然理解自己的內心。」

我內心感到心痛極了。「我搞砸了。我之前不知道這一切到底是不是真的，也很生氣，所以我把玻璃罐打破了。最後一個故事消失了，現在海莫尼連這個機會也沒有了。」

「故事沒有消失，」她說。「妳釋放了那個故事。我沒辦法講給妳聽了，但妳知道的比妳自己以為的還多。畢竟，這是我們家族的故事。」

我停頓了一下，反覆思考她說的話。我的愛慈。我們家族。我的家族，和她的家族。「妳是……海莫尼的媽媽？我是……？」我沒說出老虎女孩，我不必說。我了然於心。

她沒回答我的問題。「妳要知曉妳的過去，要了解妳從何而來、了解妳是誰——然後找到屬於自己的故事。妳要去創造妳的故事，一個關於妳會成為什麼模樣的故事。」

在我能回應她之前，自動門開了，我轉頭看到一名穿粉色手術服、塗著橘色口紅的亞裔護士。「妳在這啊！」她說。「妳媽媽著急地到處找妳。快過來吧！」

我回頭看向我的老虎，但她消失了。我早就知道她會消失了。

42

護士再次帶我走過白色走廊，我得加快腳步才能跟上她。「我真的很遺憾，」我們到了病房門口，她開口說。「我還記得自己跟奶奶道別的時候。真的很難受。親愛的，我會為妳祈禱。」

媽看到我們，跑了過來。「莉莉，妳嚇死我了！妳不能那樣自己跑掉！尤其不能在現在這種時候。」她把我的頭拉向自己，深吸一口氣。「好了，海莫尼現在想和妳說話。」

老虎說的話還在我腦海中縈繞。

我吸口氣，踏進房內，朝海莫尼走去。

小珊站起身。她沒有擦掉自己的眼淚。但當她經過我身邊要離開病房時，她的手輕輕撫過我的手臂。接著，房裡只剩下我和海莫尼兩人，一旁的醫療儀器嗶嗶作響著。

我的指甲緊緊掐進掌心，印出半月形的痕跡。我坐到床邊灰色的醫院椅子上。椅子坐起來不舒服，上面的布料彷彿刮著我的大腿。

「莉莉小甜心。」海莫尼的手異常地抽搐著，那樣子看起來幾乎不像人類。我懼怕不已，傷透了心。我有點想把頭轉開，但我還是抓起她的手。那些害怕的感覺並沒有消失，但種種感覺之中，我發現也包含了愛。愛比任何感覺都還要強烈。

「我知道真相了，」海莫尼說。「我看到我的媽媽。我的歐瑪❻。她終於來找我了。」

「海莫尼，」我低聲說：「我想我也看到她了。」

海莫尼微笑。「妳總是看得到，小艾吉。那是妳的超能力。」

我的心好痛，但我還是捏了捏她的手，用拇指劃過她的生命線。

「我這一輩子，花了那麼多時間、那麼多精力隱藏自己的心。我很怕老虎，但我更怕的，是自己體內的那頭老虎，」她說。「我以為我必須藏起自己想說的話，因為我英文講得不太好。我以為我必須藏起自己的心，因為我有太多感覺了。我也以為我必須隱藏自己的故事，因為如果把故事說出來，我就永遠都會是我故事裡的那個樣子了，」她輕輕吸口氣。「但當我把這一切深深藏在心裡，它也把我吞噬了。我看不見就環繞在我四周的愛。」

希望從我心底竄起，儘管我很努力想壓抑它。儘管我很清楚懷抱希望有多危險。

「既然妳已經知道這點，也許一切都可以好起來了。妳現在能夠痊癒了。」

「我現在準備好了。」

我感覺喉嚨被緊緊哽住。「我還沒啊。」

她閉上雙眼。「有時候，一個人所能做的最堅強的事，就是不再逃跑。就是說出，我不怕老虎。我不怕死亡。」

但我好害怕。

有那麼短暫的一瞬間，我看見她的面容下閃過老虎的臉龐……

那臉龐幾乎在我看到的那一刻就消失了，但我知道自己看到了什麼。那是她的堅毅不撓，是她在下一段旅程中將具備的勇氣。

她會很勇敢的。

小珊和媽媽回來房內。小珊坐到床的另一側，握住海莫尼的另一隻手。媽走過來，輕撫著我的背。

海莫尼還閉著眼睛。她的嘴角微微上揚，露出一個淺淺的微笑。她輕聲卻堅定

❻歐瑪為韓文「媽媽」（엄마）的音譯。

地說：「跟我說一個故事吧。」

小珊看著我。她舉起一隻手在空中一抓，彷彿她從空中摘下了一顆星，然後她伸手將星星遞給我。

一個故事在我腦際浮現——從混沌中誕生。故事開始成形。

我把身子挪近海莫尼——

更近——

更近——

然後我開始說故事。

43

很久很久以前，當老虎飲下星星，在一名女孩從老虎那裡偷走故事之後，又過了一萬個日升與月出，有兩個小女孩跟她們的海莫尼住在山丘上的一棟房子。女孩們是姊妹，一個綁著又黑又長的髮辮，一個畫著深黑的眼妝。以前，她們會和彼此分享一切，但隨著時間過去，她們之間變得疏遠。她們都很孤單。

有一天，她們的海莫尼進村去買米，並為孫女買快樂牌堅果餅乾。但她被困在車陣中，很晚才回到家，比平常要晚很多。

那晚的天空昏暗無比——烏雲遮住了星星——海莫尼從窗戶旁走過時，她的影子變了形，化作老虎的輪廓。

也許那只是昏暗光線造成的錯覺，但她們不確定。

小女孩們，海莫尼說，讓我進去。

那對姊妹偷偷往窗外看。那一晚，她們的海莫尼看起來不一樣，她變身了。

姊妹們很害怕。她們不曉得該怎麼辦。於是，她們努力想把她變回來。恩雅撒著米，艾吉倒出星星。她們什麼方法都試過了，卻都沒有奏效。

最後，女孩們無計可施了。眼看故事就要邁向結局，一名天神看到了她們，很同情她們的處境。

原來，好幾個世紀以前，另一名天神曾創造出可以遊走於兩個世界的老虎女孩。

就連天神也會犯錯，但事實上，老虎女孩本身並不是一個錯誤。

錯誤在於逼她做出選擇。錯誤在於創造了一個她必須隱藏自己的世界——在這世界她很害怕展現完整的自己——剛強而善良的自己，溫柔而堅定的自己。

但那是之前的天神用的舊方法，現在這位天神認出了自己的家人——自己的曾孫女。

於是，她為小艾吉降下一段階梯，為恩雅降下一條繩索。

來吧，這位天神說。我有東西想讓妳們看看。

在病房裡，我嘗到鹽的味道，這才發覺自己在流淚。我抬起頭看到小珊。我感覺到媽媽的手輕觸我的背。

在我的指尖下，海莫尼的脈搏越來越弱，逐漸消失。

「繼續說，」小珊低語。

時間彷彿無限延長。我吸了口氣。有那麼多結局可以選擇，而我找到我要的結局了。

兩個姊妹一起往上爬啊爬，到達了天神——一隻老虎——的所在之處，她帶她們一覽充滿玻璃罐的銀河。有些玻璃罐被隱匿了好久，運載到世界的另一端。有些玻璃罐則橫渡海洋，來到沿海的一個跳蚤市場，希望能找到自己所屬的家族。所有玻璃罐都釋出真相、渴望，與愛。

打開罐子，老虎說。

女孩們很害怕，但她們也很勇敢。她們相信希望。她們打開玻璃罐，讓故事流瀉而出。有些故事很嚇人，有些故事令人傷心，但兩個女孩只感到驕傲，因為這就是她們家族的故事——世世代代的女性，為了自己內心的聲音而奮鬥。她們擁有所有的可能性，她們不受任何侷限。

現在，妳們可以講述屬於自己的星星故事了，老虎告訴她們，她的聲音像粗布般刮著她們的耳朵。光芒不受限制，可以無限照耀。

於是，兩姊妹開始訴說著她們海莫尼的故事：她總是穿著飾有亮片的衣服，她總是能看到她孫女們真正的樣子。她冒險追求幸福。只要能保護家人，她什麼都願意做。她相信隱形的事物——像是神靈，像是神奇的力量，像是愛。

女孩們談到海莫尼教會她們要如何看待這個世界、如何看待自己。

當她們說著故事，她們便為天空填滿了星星。兩姊妹點亮了整個世界。

在這片光亮之中，她們找到了回家的路。

在這片光亮之中，她們看到：她們並不孤單。

44

我講完故事時，海莫尼露出笑容。她閉著雙眼，脈搏微微跳動，幾乎快感覺不到了。

「我愛妳，」我跟她說。

我捏了捏海莫尼的手，小珊緊握另一隻。媽媽輕撫著她的頭髮。

這就是她生命的盡頭了。但結局沒有立刻到來，不像電影演的那樣。

接下來的幾個小時，她的呼吸變得越來越微弱。我們看著她的生命一點一滴地流逝。

「那些故事應該要拯救她的，」我低聲說。

媽出聲。我看向她時，她眼中含著淚。「故事已經拯救她了，莉莉。故事讓她想起，這個世界有多廣多大，她想成為什麼樣子都可以；故事提醒她，她是我們的全部。」

海莫尼躺在病床上，看起來如此蒼白、如此無助。

「我好害怕，」我說。

「我知道，」媽媽說，「但妳不是一個人。」

小珊伸手解開項鍊。她將掛墜握在自己手裡，然後手緊緊貼著我的掌心，我們十指交扣。

我們兩人一起握著這一小塊神奇的力量——這是一小部分的海莫尼，永遠屬於我們。

我傾身靠向海莫尼，嘴唇輕觸她的耳朵。我低語，「沒關係。」我閉上眼睛，吸了一口氣。有時候，一個人所能做的最勇敢的事，就是不再逃跑。「如果妳要離開了也沒關係，我們會沒事的。」

我不太確定她有沒有聽到我說的話，但我覺得她聽見了。病房似乎發出一聲寬慰的嘆息。

我抬頭一看，外頭的世界一片漆黑，但隔著窗戶，有兩個小小的光點閃爍著。我看不清楚那是什麼，可能是房內的儀器倒映在窗上，也或許是老虎的眼睛正回望著我。

看著那兩個光點，我的心像個小小拳頭般捏緊。接著，光點消失，不再閃爍。

我感覺心裡某一塊被打開來，那是一個之前並不存在的黑洞，是一股空虛感和一種失落，但也留下了……空間。像一個被打開的玻璃罐，重擔已經被釋放。

我頭靠著海莫尼的胸口，和我的家人一起坐在那個小小房間裡。

當海莫尼終於撒手，我知道她已做足準備。她一直都很勇敢。

45

地下室淹水了。

我們回到海莫尼家的第一晚，媽打開地下室的門，搖了搖頭。水輕輕拍著階梯，我和瑞奇之前努力疊起來的紙箱都浸在水中泡爛了。媽媽盯著那些積水很久、很久後才打電話請人來處理。

第二晚，媽媽決定要睡在海莫尼的臥室裡。小珊清醒地躺在床上，咬著自己的指甲。整棟房子變得很安靜，木地板條沒有在我腳下發出嘎吱聲，門也不再吟唱。沒有海莫尼，這棟房子就單純只是房子。一個太過安靜、太過空蕩的房子，我們都不知道該怎麼在其中生活。

日子一天天安靜地過去了，時間在恍惚中流轉而逝。

瑞奇不斷傳一則又一則簡訊給我，告訴我他最愛的食物，想逗我開心。在第七晚，正式過了一週後，他的簡訊傳來：年糕。

我讀著這兩個字，感覺眼眶湧起熱辣辣的淚水。我很想把手機關機，然後把自己埋進被子裡。

但他的簡訊讓我想起了一件事。有一個重要的日期在我的思緒中反覆出現。我查看手機的行事曆，發現明天就是烘焙義賣會。

我想到一個點子。這一整個星期以來我在胸口感到的沉重，竟在這一刻稍微減輕了。我告訴瑞奇我的計畫，再傳簡訊給詹森，然後掀開被子。

我跑下閣樓的階梯，不去管是不是該把自己隱形起來。我在廚房走來走去、到處翻找，拿出鍋子和平底鍋。家裡又再度充斥聲響，房子彷彿開始甦醒。

媽走進廚房，小珊跟在她後頭。

「妳在做什麼？」小珊詫異地眨了眨眼。

「年糕。烘焙義賣要做的。」

小珊很困惑，但媽媽沒有提出任何疑問。她朝我走來，開始從架上拿出材料——一罐糯米粉、一盒砂糖，和紅豆餡。

小珊說：「我們不用去烘焙義賣會。」

「我們是不用，」我說，來回看著她和媽媽。「但是……也許我們應該去。有食物、有人，那就會像是……」

小珊臉上露出了理解的神情，眼神很悲傷。「像是告祀。」

「在圖書館啊，」媽媽說。有那麼一瞬間，她看起來像是心痛到說不出任何話，但她還是開口了，「那間圖書館是海莫尼促成的一個計畫，是好多年前的事了。她幫圖書館漆上那些鮮豔的顏色，還掛上很俗的海報。她一直都希望那裡能成為一個特別的地方。」

我盯著她，心想自己怎麼從來都不知道這件事。

但我沒有太多時間來消化這件事，因為小珊問媽：「妳知道要怎麼做年糕嗎？」

媽媽點頭，但她的語氣也有一絲慌張。「呃，我想，大概吧。有點印象。」她的聲音比剛才更輕了，她說：「我從來沒想過要問。」

我想起自己要海莫尼教我做年糕的時候——她說晚點，而現在已經太遲了。

不過媽媽看起來有信心。我吸了口氣。

「沒關係，」我說。「就算不完美，還是可以很棒。」

媽捏了我的肩膀一下，接著我們著手備料，憑著直覺量測要加多少的糯米粉和椰奶，感覺對了就對了。我們一起烹飪，一起搗著糯米糊——這感覺對極了。

46

瑞奇和詹森把消息散播出去，幾乎全鎮的人都來圖書館參加海莫尼的告祀。整個屋子擺滿了海莫尼的友人帶來的食物，他們都說著海莫尼的故事。那些我們根本不認識的人、那些海莫尼曾經幫助或治療的人，都來跟我們說他們有多遺憾、有多愛她。

喬來找我，我先向他道歉。原本的烘焙義賣變成了告祀，他沒有收錢，當然沒有。所以，拯救圖書館的計畫毀了。「我知道我們原本應該是要募款的，」我說。

喬搖了搖頭。「這不是為了錢，是為了這個社區。不過，也許我們晚點可以來談談破窗闖入圖書館的事。」

我的臉頰發燙。「你怎麼會知道？」

「直覺，」他回答。「加上到處都是小孩的泥巴腳印。」

「噢。」我差點忘記那回事了。

他的小鬍子抽動了一下，他微微一笑。「心碎往往會讓人變得一團亂，」他遞給我一塊餅乾，我向他道謝。

在圖書館一頭，媽正在跟幾個我不認識的大人講話，小珊則去找詹森。詹森將小珊拉進自己懷裡，親了她頭頂一下。小珊把頭靠在詹森的頸間。兩人之間流露出的愛意讓我一時感到困惑。

突然間，一切都說得通了。小珊第一次見到詹森時的不自然、她之後向我問起詹森時的緊張神情，還有詹森幫小珊撒米。還有小珊試著打電話找詹森幫忙。

她們是一對。

即使現在看起來再明顯不過了，我還是很震驚。她倆很相配。詹森人很好，小珊對她很溫柔，她們很適合彼此。

在圖書館另一邊，我看到瑞奇和他的朋友。他們向我揮了揮手。瑞奇暫時拋下他們，朝我走來，手上掛著一個藤籃。他今天戴了黑色的圓頂禮帽，是那種海莫尼會很愛的華麗帽子。

「巧克力瑪芬，」他解釋。「喬給我他的食譜。」他挑起嘴角笑道：「沒有泥巴，我保證。」

他伸出拿著籃子的手，老虎獵人的曾孫將糕餅獻給老虎天神的曾孫女。

我接下籃子，暖意從我的指尖擴散開來，傳遍全身。我心裡有一角快活、微笑了起來。我不確定那個微笑是否也在臉上展現，不過，或許傷痛就是這樣開始癒合的——一點一滴的幸福感逐漸從體內甦醒，直到某一天，幸福散布全身。

「我通過語言藝術考試了，」他說。「所以，秋天時我們就會是同年級了。」

我微笑，這次是真的露出了笑容。「那太好了，瑞奇。」

他咧嘴一笑。我找了藉口要離開，他一下就懂我的意思。他知道我還沒準備好和別人多說話。

我從厚重的前門溜了出去，坐在階梯上，捧著那些瑪芬。

我想著我和瑞奇以前的對話，就是在覺得做這件事並不像自己的情況下，了解自己是誰。我這陣子一直都在這麼做，我不斷挑戰自己的能耐，想找到自己的極限——結果發現，我能做到的事情遠比自己以為的還要多。此時此刻，我覺得自己有無限可能。

我咬了一口瑪芬——然後咳了起來，將蛋糕吐到掌心。鹽巴。瑞奇一定是把糖和鹽搞混了。

出乎意料的味道嚇了我一跳，我笑出聲來。

「我能坐這裡嗎？」有人問道。

一開始我還以為是老虎。我一直期待著能聽到她的聲音，或從眼角不經意瞥到她的身影，但我內心深處很清楚——她已經離開了。

我轉過頭，看到小珊。她沒等我回答就在我身旁坐下。她沒問我一聲，就把手伸進籃子，抓起一個瑪芬。

「我不會……」我說，但太遲了。小珊已經被她咬的那一口噎住，她將滿嘴的蛋糕吐到手掌上。她盯著我，我笑了出來，她也跟著大笑……

然後我們的笑聲戛然而止。我們把咬過的瑪芬都扔回籃裡。

現在這種時候，感到快樂似乎是不對的。

「會越來越容易面對嗎？」我問。「悲傷會消失嗎？」

小珊凝視著前方。「悲傷會消逝，最終會的。但那種想念的感覺……我不知道會不會。」

我用拇指按著自己的掌心。當我閉起眼睛時，我幾乎可以想像是海莫尼的手指正劃過我的生命線，幾乎可以想像她對我說著：一切都會沒事的。傍晚的空氣讓我的肌膚暖了起來。這天氣感覺終於像八月的天氣了。我吸進溫暖的空氣。

小珊挪動身體，靠近我，直到我們的手臂相觸。太陽正在西沉，月亮從樹梢探出頭。「妳可以再跟我說一個故事嗎？」她問。

我吸了一口氣。時間彷彿無限延長。我找到自己的聲音。

「很久很久以前……，」我起了頭。

我還不知道結局，但不管我的故事會如何變化、發展，我都會面對。因為海莫尼，我可以勇敢起來。我可以成為任何模樣。

我是看得到隱形事物的女孩，但我不是隱形女孩。

後記

小時候，我的海莫尼會跟我講故事。

我和妹妹會蜷起身子，和海莫尼一起躺在床上。當她講起鬼怪和老虎，我們的世界便充滿了魔法。在那些時刻，我發誓自己聽見臥室外傳來老虎的聲音，牠們鋒利的爪子在木地板上刮啊刮，我幾乎能從門縫看見牠們的影子。

在那些夜裡，我覺得自己與那一代代的韓國女性產生了連結——我與她們素不相識，但彷彿我的血中依然流著她們的故事。我在聽海莫尼講故事時，我不是白人亞裔混血，不是四分之一韓裔的混血。我就只是我，是我最完整的模樣，我打從心底知道這一點。

多年後，我離開夏威夷去上大學，拋下了這些故事——不是有意這麼做，只是剛好就這樣了。彷彿那些故事悄悄滑落到我的床底下，開始積灰生塵。不久，我也忘記我遺失了那些故事。

我一直都不曉得自己有多需要那些故事，直到大學生活過了大半以後，有人問我是不是韓裔。

*只有四分之一的血統，*我這麼回答。話才一說出口，我就覺得自己說錯話了。答案向來都是相當簡單的：*沒錯*。但不知為何在成長過程中，我開始把自己的血統分割成好幾個部分。

我想要再次變得完整，於是開始重溫那些故事。我讀著古老的童話故事，也上網搜尋，但那些故事現在變得不一樣了。它們不是我海莫尼說的故事。故事不知怎麼的已經變了樣。也許故事真的變了。也許我沒辦法再找到它們。也許海莫尼以前講的是不同的版本；也許有些故事完全是她編出來的。

我請海莫尼回想她的故事，但她只揮了揮手。*噢，好久以前了，*她說。*我不知道自己說了什麼。*

於是，在求助無門的情況下，我寫下了自己的故事。

我從自己最愛的故事著手：一對手足逃離老虎，逃到天上，成為太陽與月亮。這個廣為流傳的故事有很多版本，但我總覺得這個故事隱藏著什麼，我很想知道它的祕密。

那個故事裡的老虎聰明又有決心。牠假扮成那兩個小孩的外婆，追捕著孩子。

牠企圖騙過兩人。計畫失敗後，牠還是窮追不捨，甚至想追到天上。

老虎的追捕從未間斷。我一直都很好奇，牠到底想要什麼？一定不是想吃肉，沒這麼單純。感覺老虎另有所求。什麼東西會如此重要、如此強大，讓老虎願意追著那些孩子橫越世界？

我寫了十幾篇草稿，就為了尋找答案，但答案沒有這麼容易就出現。彷彿我必須證明自己值得信賴，這個故事才會揭曉自己的祕密。

於是，我下了一番工夫。我追溯自己的家族歷史和韓國歷史。

我讀到遭受殖民與壓迫的歷史，讀到祕密的語言與被人遺忘的故事，讀到慰安婦與被迫噤聲的歷史。但在這段黑暗的歷史中，我也看到人性堅強的一面。韓國人民——尤其是韓國女性——剛強而堅韌。我在研究的同時也越發了解我的海莫尼和我自己。

我在研究過程也發現一些奇妙的巧合。我早期的一份草稿中寫著充滿神奇力量的星星玻璃罐，卻不太曉得自己為什麼這麼寫。這個想法似乎就這麼憑空出現。

之後，我發現了七星神。七星神是韓國守護小孩的神祇，而祭拜祂的方式，通常是擺出碗或瓶罐。

同樣地，我也在故事裡創造出一個韓國的小島。在那裡，大海每年會有一次分開成兩半。我仔細研究韓國地圖，想尋找我那虛構的小村莊能座落的地方，這才發現這樣的一個小島早就存在了——珍島。因為潮汐的作用，可能也因為有那麼一點神奇的力量，這個濱海小島的海洋真的每年會有一次一分為二。

我的工作模式就像這樣，在寫作與研究之間來回切換。我將各種巧合視為線索，彷彿我是在把很久、很久以前就有人說過的故事拼湊起來，而我僅需填補其中的空白。

我努力回溯歷史，一路追溯回關於韓國起源的神話。此時我發現了最大的巧合。在做這項研究之前，我對這個神話只有很粗淺的認識。不知為何，我的海莫尼從來沒有跟我們講過這個故事。故事是這樣的：

很久很久以前，有位天上的王子統治著大地。祂的工作一直都很輕鬆簡單，直到一頭熊和一隻老虎因為厭倦了野外生活，要求祂把牠們變成人類。

王子表示，如果牠們能在洞穴裡過上一百天，而且只吃艾草與大蒜，牠們就能變成女人。

熊做到了，於是天神賦予牠人類的身體。他們一起創造了韓國人民。

但老虎無法堅持下去。牠無法忍受那些條件。牠跑出洞穴，注定終生以野獸的模樣在林中踽踽獨行。

我先前就已經知道熊變成女人的故事了，但卻從未聽過那隻老虎。然而我在草稿中卻已經寫了老虎女孩請求天神將她變成人類。我動筆當下，那些文字感覺很對，雖然我並不能完全理解那些文字的含意。

現在，這一切感覺不只是巧合。

沒錯，也許我以前就曾聽過這個故事，然後故事被深埋在我的潛意識中，我卻以為自己遺忘了。但即便如此，我仍感到自己與某種更強大的力量有所連結。我又有了那種多年前曾有過的感受，彷彿那些故事就在我的血液中流動，就連那些我從未聽過的故事也一樣。

我對這個神話進行更深入的研究，找到了一篇論文〈國家的誕生〉，作者是文承淑。根據她的說法，「熊變身為女人，隱含著身為女性的深層社會意義——女性應該擁有堅忍的性格，能夠承受痛苦與磨難⑦。」

了解這點以後，我的故事終於清晰起來。

這是一段不為人知的歷史。因為，如果那頭熊象徵著韓國女性——或象徵遭受苦難卻默默承受的女性——那麼，那隻老虎呢？

那位拒絕受苦，因而被放逐的女性又如何呢？

如果她回來了，會發生什麼事？

她想要什麼，又會說出怎樣的故事呢？

---

[7] 文承淑（Seungsook Moon），〈國家的誕生〉（Begetting the Nation），伊萊恩・H・金及崔忠武主編，《危險的女性：性別與韓國民族主義》（*Dangerous Women: Gender & Korean Nationalism*），紐約：羅德里奇，1998年，頁41。

致謝

這是一本我知道自己必須寫下，卻對該如何下筆毫無頭緒的書。在寫這本書的過程，我拐過無數次錯彎，也寫過很多錯誤的開頭（和錯誤的結局、錯誤的過程）；它是從汗水、淚水與老虎之血中誕生的。書就在此，完成了。我非常感謝這一路上提供協助的每個人。

媽：謝謝妳早在「老虎抽煙斗」時就播下了種子。謝謝妳讀完每份草稿，用心斟酌其中的一字一句，謝謝妳說服我不要放棄（至少五次）。沒有妳，這本書就不會存在。妳是最棒的編輯、最棒的作家、最棒最棒的媽媽。

爸：謝謝你教我要認真努力，教我要懂得自重。謝謝你為我詳細說明關於稅金和戴爾・卡內基的訓練方法，讓我知道自己不只是藝術家，也是專業作家。你的鼓勵對我意義非凡。

善熙，我既剛強又情感豐富的老虎妹妹：這個故事幾乎就是我們家族的故事。

我的寫作過程常常就等同於探究我們是誰、從何而來的過程。當妳踏上屬於自己的尋根之旅，並展開妳的自我追尋——當妳把所有的愛都轉化為舞蹈的神奇力量，我會在場，為妳打氣，帶著驚嘆觀賞妳的演出。

海莫尼：謝謝妳講的所有故事，它們能夠填滿無限本的小說。

致我那龐大而充滿愛的大家族：你們太棒了，謝謝你們的支持。我好幸運。

致極為支持我的佩利一家與納達爾一家：可以成為你們家庭的一分子，我十分幸福。

還有一定要感謝的喬許：謝謝你在我每次遇上瓶頸時都為我擦乾眼淚，讓我重展笑顏。謝謝你在連我都不相信自己的時候，始終相信著我。也謝謝你讓我相信自己可以與眾不同。

莎拉・戴維斯：非常謝謝妳在本書的寫作過程中所給予的支持。感謝妳在想法才剛有雛型時，就看出它的潛力。

我也要謝謝經紀公司「綠屋」的整個團隊，以及版權公司「版權人」。謝謝你們付出的所有努力。

雀兒喜・艾柏利：謝謝妳總是忍受我用冗長的電子郵件對妳大喊救命。也謝謝妳總是堅持說這本書並沒有寫壞。謝謝妳鞭策我拿出最好的表現，和幫助我挖掘我內心的故事。

也謝謝蘭登書屋童書部門充滿熱情又認真的工作團隊：米雪兒・納格勒、芭芭拉・巴可瓦斯基、卡翠娜・達姆柯勒、肯恩・克洛斯蘭德、崔西・海德維勒、珍娜・雷提斯、凱莉・麥克高利、雅德里安・維恩特勞柏、莉莎・納達爾、克莉絲汀・舒爾茲、吉莉安・凡達爾、艾蜜莉・巴姆福德、茱莉・康隆、席德妮・提爾曼、史提維・杜羅榭、艾蜜莉・派翠克、蕭娜希・米勒、安卓雅・柯默福德、艾蜜莉・布魯斯、辛西雅・麥普等人。

謝謝金知禹（Jedit）繪出如此華麗的封面插畫。

謝謝歐申賽德中學、普納荷學校、卡伊穆奇中學的學生協助我挑選書名。

大大感謝凱伊・朱倫與她在榭里爾肯伍德圖書館的讀者團隊。

謝謝羅米麗・伯納德讀了我的草稿，並在我極需要的時候給予我鼓勵。

謝謝山姆・摩根的熱忱。我之所以沒有採用你提議的書名，唯一的理由就是它們太棒了。

也謝謝我的朋友聽我講關於這本書的事情（還講個沒完），謝謝你們給我的激勵、建議、支持、必要時讓我分心的事物、衛生紙和茶，感激不盡。

最後，致讀者：這本書歷經了好多難關，才終於到了你手中。謝謝你給它一個家。這個故事現在屬於你了。

國家圖書館出版品預行編目資料

遇見虎靈的女孩／泰．凱勒（Tae Keller）著,王儀筠
譯.——初版一刷.——臺北市：三民，2020
面；　公分.——（青青）
譯自：When you trap a tiger
ISBN 978-957-14-7019-1 （平裝）

874.57　　109017841

青青

遇見虎靈的女孩

作者	泰．凱勒（Tae Keller）
譯者	王儀筠
封面繪圖	金知禹（Jedit）
企畫編輯	范榮約
責任編輯	林雅淯
美術編輯	蔡季吟
發行人	劉振強
出版者	三民書局股份有限公司
地址	臺北市復興北路 386 號 (復北門市) 臺北市重慶南路一段 61 號 (重南門市)
電話	(02)25006600
網址	三民網路書店 https://www.sanmin.com.tw
出版日期	初版一刷 2020 年 12 月
書籍編號	S870770
ISBN	978-957-14-7019-1

三民書局